나를 지켜줘 아니면 나를 죽여줘

INSTITUT FRANÇAIS

**Cet ouvrage a bénéficié du soutien des Programmes
d'aide à la publication de l'Institut français.**
**이 책은 프랑스 해외문화진흥원의 출판번역지원프로그램의
도움을 받아 출간되었습니다.**

나를 지켜줘 아니면 나를 죽여줘

Marina A

Éric Fottorino

에릭 포토리노 하진화 옮김

레모

내가 발견하는 것이

내가 무엇을 찾고 있는지 알려준다.

피에르 술라주

차례

1

돌이켜 보면, 불과 사흘 전까지만 해도 나는 마리나 아브라모비치에 대해 전혀 아는 바가 없었다. 그 이름을 읽은 적도 들은 적도 없었으며, 아무리 생각해 봐도 푸틴을 추종하는 러시아계 이스라엘인 신흥 재벌이나 첼시 구단을 인수해 가십에 오르내리는 사람이 떠오를 뿐이었다. 머리가 갈색일지, 금발일지, 백발일지, 다른 무슨 색일지, 생김새도 전혀 짐작되지 않았다. 성의 끝 글자를 발음하는 방식을 보면 동유럽 출신이라는 것 정도는 추측할 수 있었지만, 어느 나라 사람인지까지는 알 수 없었다. 계속 말하지만 그녀에 대해 전혀 몰랐으니, 어떤 분야에서 유명한지도 몰랐다. 더구나 어디서도 직접 마주친 적이 없기에, 특히 외모에 대해서는 지금도 확실히 안다고 할 수 없다. 더 정확히 말하자면, 여러 번 내 길을 가로막은 것은 오히려 그쪽이었다. 피렌체 구시가지를 돌아다니는 전기 버스의 뒤나 옆에 붙은 거대한 포스터와 인쇄물 속에서, 그녀는 나를 뚫어지게 바라봤다. 아니면 어느 길모퉁이의 높은 곳, 그러니까 이탈리아인들이 성모마리아나 피에타, 혹은 십자가에 못 박힌 예수의 조각상을 즐겨 배치하는 벽감이 있는 곳에서 나를 뻔히 쳐다보기도 했다. 가끔씩 고개를 들면 이 낯선 사람의 왜곡된 자화상 같은 것이 눈에 들어왔다. 그리고 그 얼굴은 비를 왕창 맞거나 눈물바다에 빠지기라도 한 듯 뒤틀려 있었다. 물론, 이건 어디까지나 내 기억일 뿐이다.

그해 겨울 크리스마스와 새해 사이, 나는 아내 모드와 함께 열다섯 살 생일을 앞둔 딸 리사를 데리고 여행 가이드북이 추천한 피렌체에 가기로 했다. 회색빛 파리에서 며칠간 벗어나 보볼리 정원을 다시 찾고(20년 전 다른 삶을 살던 시절, 다른 여자와 가본 적이 있다), 우피치 미술관에서 길도 잃어보고, 두오모 성당의 463개 계단을 올라 꼭대기에서 아르노강을 가로지르는 베키오 다리를 내려다보고. 우리의 계획은 완벽했다. 여기에 보티첼리의 수많은 그림들과 숨 막히는 미켈란젤로의 대리석상, 혈관까지 정교하게 표현된 다비드상, 최후의 메디치 가문이 살던 궁전, 빼놓을 수 없는 신성한 파니니와 파스타의 향연(평소에 먹는 맛없는 싸구려와는 전혀 다른), 그리고 마스카포네 치즈를 곁들인 레몬 돌체*까지. 피렌체를 그해 연말에 꼭 가야만 할 곳으로 정한 이유는 크림 핫초코에 대한 내 집착 때문이란 것을 분명히 해두어야겠다. 기온이 '제로의 이웃들**'을 스칠 정도로 내려가지 않는 한, 온난화 탓에 이 계절이 사라진 것은 아닌지 의심이 들 정도로 따뜻해진 겨울이 김이 모락모락 나는 핫초코 잔을 바라보는 행복을 다소 앗아 갔음에도 말이다.

처음으로 마리나 아브라모비치의 얼굴을 마주했던 때의 기억을 더듬어본다. 어렵지 않다. 우리 가족은 한 시간가량 피렌체 중앙시장의 치즈, 육류 가공품, 각양각색의 파스타면, 그리고 100퍼센트 토스카나 올리브나무 쟁반을 파는 가판대 사이를 돌아다니고 있었다. 모드가 앞장서 고급진 이탈리아산 파르미지아노에 걸맞은 치즈용 강판을 찾아다녔고, 그 덕분에 우리의 양팔은 로마 군단을 먹일 만큼의 식량

---

* 이탈리아식 타르트.

** 룰렛판에서 0 근처 숫자를 가리키는 말로, 0도쯤 되는 기온을 빗댄 표현.

을 채운 비닐봉지로 가득했다. 페스토부터 스파게티, 그리고 진짜 올리브나무로 만든 주걱, 인원에 맞게 점점 크게 구멍(지옥의 원을 말하는 게 아니다. 비록 식탁은 지옥으로 가는 지름길이지만)이 뚫린 스파게티 계량 도구, 화이트트러플 가루, 건포도와 아몬드, 카카오가 박힌 비스킷, 후하게 썰린 페코리노 치즈 한 조각, 인근 저곡산産 잠봉, 통통한 1리터 캔에 담긴 올리브오일까지. 상인들이 아름다운 이탈리아어로 미식의 보물들을 찬미하는 모습에 식욕이 돋았다. 시장에서 가장 활기찬 2층으로 올라가는 계단이 눈에 들어왔다. 그곳에서는 커다란 테이블들이 손님들을 맞았는데, 그들은 앞에 둔 보물 더미를 더는 참지 못하고 정오가 되자마자 삶을 황홀하게 만들어줄 통닭구이, 감자튀김, 오더메이드 피자를 주문했다. 양파와 오레가노 향 그리고 고기 굽는 냄새가 뒤섞여 퍼졌고, 거기에 키안티 와인과 유리잔 안에서 빛나는 토스카나 화이트 와인 향까지 함께 어우러졌다! 바로 그때, 그녀가 내 앞에 나타났다. 이를 다 드러내며 통닭 반 마리의 살코기를 뜯어내고 있는데, 빤히 노려보는 듯한 시선이 느껴졌다. 머리를 뒤로 묶고 입술을 금박으로 덮은 한 여자가 담긴 거대한 포스터였다. 낯선 강렬함이 느껴졌다. 포스터의 크기 때문이었을까, 나를 응시하는 새까만 눈동자 때문이었을까, 창백한 낯빛 때문이었을까, 아니면 곶이나 산봉우리, 혹은 반도처럼 생긴* 곧고 날카로운 코의 크기 때문이었을까? 그 부동의 존재 앞에서 나는 어느 순간 씹는 것을 멈추었다. 이탈리아어를 잘하지는 못해도, 9월부터 스트로치 궁전에서 그녀의 퍼포먼스가 열린다는 것 정도는 이해할 수 있었다. 그녀의 이름은 새빨갛고 큰 글씨로 쓰여 있었고, 그 아래에는 더 클리너The cleaner, 나로서는 '청소부'라고밖에 해석할 수 없는 뜻 모를 단어가 적혀 있었다. 무엇을, 누구를 청소한다는 것인가? 그릇을 핥을 정도로 훌륭한 음식을 만드는 천부적인 스타 셰프인가. 사실과는 거리가 멀었지만, 음식들에 둘러싸여 있다 보니 먹는 것 말고는 떠오르지 않았다. 인물이 크게 담긴 포스터 하나가 더 있었다. 사진 속 그녀는 헐렁한 흰옷을 입고 정갈한 가르마를 탄 채 한 손에 불 켜진 초를 들고, 나머지 한 손의 검지를 촛불에 대고 있었다. 손가락의 첫 마디는 검게 그을려 있었다. 가까이 가야만 보이는, 눈물 고랑의 반사광과 볼 위로 투명한 진주 두 알처럼 흐르는 미세한 눈물방울이 눈에 들어오자 그녀가 완전히 다른 사람처럼 느껴졌다. 눈물, 그것밖에는 보

---

* 에드몽 로스탕의 희곡 『시라노드 베르주라크』 주인공의 코 묘사에서 따온 표현.

이지 않았다. 누군가가 그 촛불을 끄고, 그녀를 진정시켜야
만 했다. 내가 해야만 할 것 같았다.

모드는 우피치 미술관에 가기 위해 서둘렀다. 우리는 구
매한 것들을 호텔에 내려두고 가벼운 발걸음으로 보티첼리
의 「비너스의 탄생」, 카라바조의 「메두사」, 그리고 터번을
두르고 미술관 복도에 끝없이 늘어서 있는 아미르*들을 향
해 걸어갔다. 하늘은 화려했던 과거를 에워싼 찬란함과 짙
은 어둠의 범람에 기권이라도 한 듯 우중충한 빛깔을 내뿜
었다. 피렌체에는 오병이어의 기적처럼 명작들이 불어나고
있었다. 나는 1993년 마피아의 테러로 미술관과 아르노강
사이의 비아 데이 제오르고필리에서 폭탄 차량이 폭발해 우
피치 미술관이 훼손되고 다섯 명이 사망했다는 사실을 믿기
어려웠다. 또한 바사리의 「최후의 만찬」 같은 대작부터 갈
릴레이, 미켈란젤로, 마키아벨리, 단테, 로시니 같은 유명인
사들이 잠들어 있는(천재들이 놀랍게도 한데 모여 있다) 판
테온 산타크로체 성당과 성당 앞의 평화로운 광장을 1966
년 아르노강이 덮친 사건, 또 오랜 전통의 메디치 가문이 근

---

* 사령관이나 총독을 뜻하는 아랍어.

친혼과 유전 질환으로 몰락했다는 사실도 잘 그려지지 않았다.

  우피치 미술관에서 나와 두오모 성당이나 리보이레 카페 테라스를 향해 걸어가는 길 중간중간 모드와 리사는 내 소매를 잡아끌며 "저기 아빠 여자 친구 아니에요?", "저기 당신 여자 친구 아니야?"라고 묻곤 했는데, 이것은 우리만의 농담이 되었다. 볼 때마다 더욱 검어지는 듯한 촛불 위의 손가락이나 금박으로 입을 덮은 마리나 아브라모비치의 초상을 계속해서 마주쳐야만 했다. 나는 저 여자가 대체 어떤 퍼포먼스를 하려나 하고 일부러 소리 내어 중얼거렸다. 그녀가 순식간에 피렌체의 아름다운 기념물을 사라지게 했다가 미스터리한 제스처와 손가락 사이에 띄운 반투명한 공으로 다시 그 모든 것들을 온전하게 돌려놓는 마술사나 마법사는 아닐지 생각했다. 치마를 입은 데이비드 코퍼필드. 그렇다, 마술사. 아니면 마녀? 혹은 악마가 천사에게 받은 선물과도 같은 마법을 여기저기 부리게끔 어디 외곽의 성에서라도 지내라고 당국이 허락한, 도시로 풀려나온 사탄의 딸? 그 전날, 리사는 1543년 무렵 고소공포증도, 죽음도 두려워하지 않던 화가들이 두오모 돔 천장에 그린 지옥을 넋 놓고 바라보았다. 그 그림에서는 악마가 멧돼지의 감시를 받으며 칠죄종* 중 하나를 범한 사람의 반쪽을 잡아먹고, 또 다른 악마의 하수인은 불타는 창으로 또 다른 가엾은 이의 엉덩이를 찌르고 있었다. 이걸 본 독일인 여행 가이드(나는 마음속으로 '유럽 만세!'를 외쳤다)는 그 이탈리아의 신성한 장소에서 영어로 물었다. "프랑스어에 이럴 때 쓰는 표현이 있지 않나요?" 모드는 무덤덤하게 "네, 엉덩이에 불붙었다고 하죠"라고 답했고, 이에 리사의 얼굴은 곧장 붉게 달아올랐다.** 피렌체의 둘째 날 저녁부터는 '러닝 개그***' 같던 "아빠, 저기 봐요, 버스에 또 마리나가 있어요!"라는 말이 다르게 들리기 시작했는데, 그렇다고 더 심각하거나 염려스럽게 느껴진 것은 아니었다. 이탈리아행 비행기 안에서 모드는 새하얀 표지에 제목마저 '하얀 드레스'인 책에 푹 빠져 있었다. 저녁 식사를 마치고 숙소에 들어와 화장을 지우고, 목욕재계를 하고, 그날 먹은 음식들(특히 천장에 잠봉을 매달아 두는 대신 벽 한 면 전체에 오래된 피렌체 지도를

---

* 본죄의 일곱 가지 근원이라는 뜻의 가톨릭 용어. 교만, 탐욕, 질투, 분노, 음욕, 탐욕, 나태를 이른다.

** 모드가 말한 '엉덩이에 불붙었다avoir le feu au cul'라는 표현은 구어로 '부리나케 달리다', '성적으로 흥분하다'의 의미도 있다.

*** 이야기물 내에서 지속적으로 쓰이는 희극적 요소.

걸어둔 모던 스타일의 토스카나 레스토랑 이야기를 했는데, 그 지도를 가까이서 들여다보면 센트럴파크와 에펠탑도 보였다), 특히 올리브 오일을 곁들인 아이스크림과 맛 좋은 오징어튀김에 대한 감탄 어린 몇 마디를 건네는 저녁 루틴을 모두 끝낸 후, 모드는 베개 두 개 사이에 몸을 틀어박고 직접 내려놓기 전까지는 떨어지지 않는 그 하얀 드레스같이 얇은 마력의 책에 완전히 사로잡힌 듯했다. 나는 이미 전날 모드에게 손톱깎이를 어디에 두었냐고 물었을 때부터 그 사실을 알고 있었다. 사소한 고백을 하자면, 그런 것을 알아두는 것이 마치 여자의 몫인 것처럼 묻는 것이 부끄럽긴 했다. 세 번의 대답 없는 질문 끝에, 나는 투덜거리며 욕실로 들어가 버렸다. 그토록 찾던 물건과 함께 의기양양하게 돌아왔는데, 모드는 책에 몰입한 나머지 나의 환호에도 묵묵부답이었다. 그 책이 그녀를 어디로 데려갔는지 몰라도, 어쨌든 모드는 나와 속세, 그리고 여행 중에 유용한 손톱깎이와는 다른 세상에 있었다.

그날 저녁, 그 대단한 책을 집어 드는 모드를 보고 대화에 대한 기대는 버렸을 참에, 아내가 침대에서 벌떡 일어나며 "이럴 수가!"라고 외쳤다. 나는 흠칫 놀라 물었다.

"뭐가?"

"이럴 수가!" 아내는 설명도 없이 같은 말을 반복했다.

나는 모드에게 무슨 문제가 있냐고 물었다. 아내는 책에서 눈도 떼지 않은 채 문고리에 걸어놓는 '방해 금지' 팻말을 목에 걸어놓은 양 나에게 조용히 하라고 눈치를 주었다.

"말도 안 돼." 마침내 나를 바라보며 말했다.

"아니, 뭐가?"

"마리나 아브라모비치 알지…."

"응…. 아니 잘 몰라. 그 사람한테 무슨 일이라도 생겼대?"

"그 여자가 이 책에 나와!"

"나와서 뭘 하는데? 피렌체 거리마다 나타나서 날 따라다니는 걸로 부족하대?" 나는 재치 있게 답했다고 생각했다.

"장난하지 말고, 난 진지해. 그 여자에 관한 이야기야."

"그 하얀 드레스가 그 여자 거야?"

"아니, 그건 다른 아티스트 거야. 퍼포머."

"뭐? 퍼포머?"

"이탈리아 여자애인데, 피파 바카라는 이름이었어."

"왜 과거형이야?"

"그 애는 이탈리아에서 출발해 발칸을 거쳐 예루살렘까지 여행하며 세상에 평화를 전하고자 했어. 웨딩드레스를

18

입고 여행하는 동안 묻은 모든 얼룩을 그 옷감에 남기려고 했고. 모든 고통을 기록하려 했던 거지. 사람들의 선의와 순수를 믿고 히치하이킹으로만 여행하고, 돌아와서는 이탈리아에 남겨두었던 깨끗한 웨딩드레스 옆에 그 옷을 전시할 계획이었어."

"아, 그런데?"

"그런데 살해당했어. 성폭행을 당하고 목이 졸려 죽었거든. 사륜구동 차를 몰고 다니던 놈이 튀르키예 주유소에서 납치해 숲으로 데려갔지."

"그런데 갑자기 마리나 아브라모비치는 왜?" 내가 성의 없이 물었다.

"당신이 읽어. 난 거의 다 읽었어. 말해주기 싫어. 극단적인 퍼포먼스를 한 사람이란 것만 말해둘게. 처음에는 자기 몸을 위험에 노출하면서 자기 자신과 세상의 관계를 탐구하고자 했어. 이후에는 목재, 크리스털, 물질의 파동을 이용해 자신과 타인, 그러니까 자신과 인류의 관계를 느끼려고 했고. 알 것 같아?"

"글쎄. 읽고 싶은 마음이 안 드는데. 좀 기괴하게 들리네, 그렇지?"

모드는 대답하는 대신 더 설명하고 싶지 않다는 듯 어깨를 으쓱했고, 나는 그날 저녁 한 번 더 아내를 잃었다. 모드에게 중요한 건 마리나 아브라모비치가 나오는 그 책뿐이었다. 전날과 달리 그날 저녁에는 잠들기가 어려웠다. 위층 방에서는 어떤 남녀가 서로 소리를 질렀다. 야자나무가 심어진 안뜰로 연결된 옆 건물에서 나는 소리였을 수도 있다. 어차피 이해도 못 했겠지만, 무슨 이야기를 하는지 알 만큼 잘 들리진 않았다. 이탈리아어로 오가는 고성이었다. 다음 날 눈을 떴을 때는, 마리나 아브라모비치가 밤새 나를 쫓아다닌 느낌이었다.

아카데미아 미술관은 나에게 시곗바늘이 멈춘 것만 같은 황금 같은 휴식과 일탈의 시간을 선물했다. 리사는 미켈란젤로의 조각상을 다시 보고 싶어 했다. 딸이 인간의 예술에서 아름다움의 극치를 발견하고, 감히 신성하다고 말하기조차 망설여지는 은총에 감동해 스스로를 초월하는 숭고의 순간을 경험하고 있다는 사실이 기뻐, 우리는 흔쾌히 응했다. 수태고지의 장면들, 리피의 「막달라 마리아」, 그리고 기둥처럼 솟은 조각상 「사비니 여인의 납치」까지, 그 모든 것이 나를 환희와 감사의 소용돌이 속으로 몰아넣었다. 거대한 조각상들의 얼굴과 몸 양쪽에 박힌, 마치 수두 자국처럼 보이는 못 자국들조차도 마찬가지였다. 딸의 채워지지 않는 호기심, 그리고 군중과 소음이 주는 불안으로부터 딸을 보호해 준 헤드셋 덕분에, 나는 관람 시간을 오래도록 이어갈 수 있었다. 아카데미아 미술관에 몇 시간이라도, 밤새도록이라도 머물 수 있을 것 같았다. 내가 피해 다니던 관광객 무리의 소음이 일정 데시벨을 넘어섰고, 이에 '조용하세요!' 같이 정숙을 요하는, 쌀쌀맞지만 유용하고도 든든한 외침들이 다국어로 들려왔다. 그렇다, 대리석 조각상들도 안정이 필요하다. 즐거운 마음으로 아카데미아 미술관의 계단을 내려왔을 때, 그녀는 우리를 기다리고 있었다. 매표소 앞에서 패밀리 패스를 받으려고 기다릴 때까지만 해도 그녀는 보이지 않았다. 그러나 이번에는 피할 수 없었다. 시장에서, 버스에서 보았던, 저 빌어먹을 촛불과 마를 줄 모르는 눈물이 담긴 거대한 포스터 속 마리나 아브라모비치가 우리를 기다리고 있었다. 그녀는 우리를 노려보고 있었다.

아니, 나. 나를 기다렸다. 나를 노리고 있었다.

"저 사람 전시 1월 말까지 하는데, 가보면 되겠다. 스트로치 궁전이 어딘지 찾아볼까?" 모드가 말했다.

대답을 분명하게 하지 않았던 것 같은데, 모드는 내가 동의했다고 결론을 내렸다. 나탈리 레제*(이게 작가의 실명인지, 결국에는 수의가 되어버린 그 드레스를 경솔한 시도와 연결 지으려는 함축인지 의문이 들었다)의 『하얀 드레스』를 읽은 뒤부터, 그리스도 이래 가장 대단하게 느껴지는 퍼포머에 대한 모드의 호기심은 종잡을 수 없을 정도로 커져 갔다. 움직이지 않는 그 얼굴과 시도 때도 없이 마주치다 보니 불편해진 나는 내가 컨디션이 안 좋은 건 아닌지 의심하게 되는 지경에 이르렀다. 화려한 명작으로 가득 찬 지상낙원에 들어가 레오나르도 다빈치의 대작들(모드는 젊은 시절 다빈치가 그린 「수태고지」를 보고 눈물을 흘렸는데, 그 눈물은 마리나 아브라모비치의 눈물보다 내 마음을 크게 흔들었다)에 둘러싸인 우리는 티치아노 베첼리오의 명明과 카라바조의 붉은빛이 감도는 암暗에 휘감겨 조토 디본도네의 은하계와 보티첼리의 구릿빛 머리칼이 띠는 반짝임을 따라갔다. 그렇지만 머릿속은 온통 마녀와 흡사한 그녀와 그녀의 소름 끼치는 감각적 체험을 세세히 묘사한 책으로 가득 차 있었다. 모드가 그 책의 몇몇 대목을 큰 소리로 읽어준 적

* 나탈리 레제Natalie Léger에서 '레제léger'는 프랑스어로 '가볍다', '경솔하다'는 의미의 형용사다.

이 있었다.

"들어봐, 잘 들어봐." 아내가 목소리를 떨며 말했다. "마리나 아브라모비치가 「리듬 0」 때의 일을 얘기하는데, 그때가 1974년도였어. 관중들이 그 여자 옷을 찢고, 가시로 살을 찌르고, 면도날로 가슴에 상처를 내고, 흘린 피를 마시고, 사슬로 묶고, 채찍으로 때리고, 권총으로 위협했어. 물론 거기에 그 물건들이 있었기에 벌어진 일이지만…. 듣고 있어?" 모드는 내가 제대로 듣는지 확인했다.

"응, 응." 나는 조금 성가셨지만, 아내의 입에서 나오는 말을 하나도 놓치지 않았다.

"…물론 거기에 그 물건들이 있었기에 벌어진 일이지만…" 아내는 말을 이어갔다. "책상 위에는 사슬, 채찍, 장미 가시, 면도날, 권총이 있었어. 그리고 등잔, 꽃, 플루트, 초, 빵, 그림, 비디오카메라, 소금, 손수건, 펜 몇 자루도 있었지. 마리나는 그냥 거기 있었어, 서서, 당신이랑 나처럼 옷도 입고. 작은 팻말 위에는 안내 사항이 적혀 있었어. '책상 위에 놓인 72개 물건을 원하는 대로 제게 사용할 수 있습니다.' 처음에는 다들 차분했어. 안아주는 사람도, 손에 꽃을 쥐여주는 사람도, 폴라로이드를 찍는 사람도, 포즈를 부탁하는 사람도 있었어. 근데 결국 마리나는 발가벗겨지고, 따귀를 맞고, 피를 흘리며 묶인 채 누워 있었지."

내 표정이 구겨지는 것을 보고 모드는 더 듣고 싶은지 물었다. 나는 고민 없이 그렇다고 답했다. 그 순간 나는 사흘 전까지만 해도 전혀 모르던 마리나 아브라모비치라는 그 여자가 내 영혼을 사로잡고, 내 마음속에서 피렌체의 수십 세기에 걸친 예술가들보다도(산타 마리아 델 카르미네 성당에 있는 마사초의 프레스코화의 찬란함은 순식간에 빛을 잃었다) 큰 자리를 차지했음을 느꼈다.

모드가 다시 입을 뗐다. "한밤중에 한 남자가 권총을 장전하고 마리아의 목덜미에 겨누었어. 몇몇은 항의했고, 다른 몇몇은 그게 마리나의 요구 사항이라고 말했어. 권총은 쓰라고 거기 둔 거니, 자초한 셈이라고. 또 다른 사람들은 말했지, 아니, 그렇게 말했어야 했을 거야. 누가 권총을 당신에게 준다고 해서 꼭 방아쇠를 당겨야 하는 건 아니라고. 그때 미술관 직원이 들어와 여섯 시간이 다 되었다고 말했고, 퍼포먼스는 끝났어. 아브라모비치는 일어나서 관객 사이를 지나갔고, 관객들은 말없이 길을 터줬어. 아브라모비치는 이렇게 말했어. "살아 있는 저를 보고 놀랐던 거죠. '아, 이건 물건이 아니었구나, 여자였구나.' 그렇게 생각했던 거예요. 이 작품을 통해 제가 얻은 교훈은 퍼포먼스 안에서 우리는 얼마든지 멀리 나아갈 수 있다는 겁니다. 하지만 관객을 내버려두면, 살해당할 수도 있어요."

나는 그때까지도 전혀 이해할 수 없었다.
그래서 모드와 리사에게 말했다. "직접 보러 가자."

스트로치 궁전으로 가던 길, 마리나의 다른 포스터가 여기저기서 나타났고, 인도를 넘어 차도까지 침범하는 관광 인파로 느릿느릿 달리던 택시 문에서도 마리아의 얼굴이 보였다. 나는 우리가 집단 환각에 빠졌거나(정말이지 사방이 마리나 아브라모비치였다!), 혹은 결국 관람객 줄에 어쩔 수 없이 서서 9유로짜리 티켓 세 장을 사게 만드는 치밀하게 계산된 상업적 선전이자 정신 조작에 휘말린 것은 아닌지 의문스러웠다. 게다가 그 표값만으로도 모자라, 생존 키트라 불리는 수수께끼의 물건(가격은 5유로, 10유로 또는 15유로로, 관람객의 생존이 달려 있음에도 불구하고 저렴한), 자석, 엽서, 앨범 그리고 나는 모르는 이 유명인(거의 60년 동안 내가 이 여자를 몰랐다는 사실을 몇 번이나 더 말해야 하나)의 퍼포먼스와 기묘한 생애를 장황하게 풀어놓은 카탈로그까지 사야 할지도 모른다. 그럼에도 나는 만약 내가 예순 살 생일 초를 불어보지도 못하고 떠나버린 오랜 친구 세르주 폴레와 자크 클리에브르(이렇게 기록함으로써 그들의 이름은 보존된다)처럼 적지 않은 지금의 나이가 되기 전에 불미스러운 죽음을 맞았더라면 마리나 아브라모비치에 대해서는 들어보지도 못하고 죽었겠다고 생각했다.

곧게 편 검지 끝을 그을리던 촛불이 갑자기 다른 의미로 다가왔다. 그것은 일종의 희망이었다. 불이 붙어 있는 한, 살아 있는 한, 삶의 불꽃이 남아 있는 한, 기어코 살아가고자 하는 의지가 있는 한 여전히 너울거리는 희망이었다. 스트로치 궁전의 안뜰 중앙에는 프랑스 경찰의 낡은 '채소 바구니*'를 닮은, 아주 잘 보존된 검은색 밴이 세워져 있었다. 고국인 유고슬라비아에서 출발한 첫 유럽 여행이라고 표지판에 명시한 것처럼, 아브라모비치는 이 차량으로 여행을 했다. 유고슬라비아는 공산주의가 막을 내린 뒤, 그리고 티토(만화에 나오는 그 '티티'가 아니고, 총사령관 티토를 말한다) 사망 이후의 혼란 속에서 제각기 흩어졌다.* 혼란기였

* 죄수를 호송하는 프랑스 경찰 차량을 지칭하는 은어. 차량에 달린 쇠창살이 물기를 빼기 좋게 만들어진 채소 바구니를 닮은 데서 비롯되었다.

음에도 불구하고 당시의 강한 남성들은, 심지어 독재자들조차도 이집트 대통령 시시처럼 영화 속 황후를 떠올리게 하는 우스꽝스럽거나 근사해 보이는 이름을 지녔다. 그 차 안에서는 서로 사랑하는 건지, 아니면 서로 죽이려는 건지 분간할 수 없는 나체들의 영상이 상영되고 있었다. 그토록 자유롭고 엉뚱하며 무모한 예술적 시도가, 커다란 헤링본 무늬 로고가 박힌 시트로엥 밴에서 시작되었다는 사실이 나에겐 다소 기이하게 느껴졌다. 하지만 나는 이 전시의 입구까지 와 있었고, 발걸음을 멈출 생각은 없었다. 어떤 힘이 나를 거기까지 이끌었고, 머뭇거릴 때는 아니었다. 뭐라 설명해야 할지는 모르겠지만, 어둠을 뚫고 지나가는 광선과 같은 강렬한 감정이 나를 관통했다. 절박했다. 이 장소에 들어가고, 나 빼고 이 세상 모두가 아는 일흔두 살의 세르비아 예술가를 만나러 가는 게 갑자기 사활이 걸린 문제로 다가왔다.

실망을 견뎌야만 했다. 마리나 아브라모비치는 그곳에 없

* 유고슬라비아는 발칸반도의 사회주의 연방국가로, 2차 대전 후 티토가 총사령관 겸 국가원수로 통치했다. 1980년 티토 사망 후 민족·종교 갈등과 경제난이 심화되면서 1990년대 초 연방이 붕괴했고, 세르비아 등 여러 독립국으로 분리되었다

었다. 퍼포먼스는 그녀 없이 진행됐다. 그녀는 영상과 사진, 철저하게 연출된 오브제들 속에, 그리고 그녀가 몇 주간 머물렀던 다락방, 그녀가 앉았던 불편한 의자, 팔꿈치를 괴었던 책상 위에 존재했다. 그리고 몇몇 이탈리아 퍼포머들이 그녀의 제약을 충실히 따라 하며, 인내의 한계에 가까운 행위를 재현했다. 그 제약들은 이미 그들보다 앞서 마리나가 스스로에게 가했던 것들로, 그렇게 그녀는 새로운 길을 열거나, 당시 동반자였던 울라이*를 향해 끝없이 소리치다 성대를 다쳐 목소리를 잃기도 했다. 1980년대에 촬영된 한 영상에서, 울라이가 그녀를 향해 "맞아!"라고 외치면 그녀는 "아니!"라고 부르짖었다. 두 고함은 서로 겹치고, 짓누르고, 밀어내며 서로의 입속으로 던져졌다. 마리나 아브라모비치는 거기 없었지만, 어디든 있었다. 이번 전시의 9월 개막식에서 벌어진 일이었다. 체코 출신의 아마추어 예술가가 아브라모비치를 그린 그림을 손에 들고 그녀에게 다가갔다. 마리나는 그가 선물을 주는 줄 알고 웃으며 다가갔고, 그 순간 그는 그림을 휘둘러 마리나의 머리를 세게 가격했다. 캔버스는 찢어졌지만 그녀는 상처를 입지 않았다. 가해자는

* 본명은 프랑크 우베 라이지펜Frank Uwe Laysiepen. 마리나 아브라모비치의 옛 연인이자 예술가 파트너였던 독일 출신의 퍼포먼스 아티스트.

"예술을 위한 것"이라고 외쳤다. 소동이 일어나고 몇 분 뒤, 마리나 아브라모비치는 정신을 차리더니 체포된 그 남성을 만나고 싶다고, 그를 고소하지 않겠다고 했다. 마리나는 차분히 말했다. "다른 사람을 공격하면서 예술을 창조할 수는 없어. 나 역시도 무명의 젊은 예술가였지만, 그 누구도 다치게 하지 않았어."

모드와 리사가 갑자기 멈춰 섰다. 첫 번째 방에 들어가기 위해서는 높지만 매우 좁은 하얀 문을 지나가야 했는데, 거기에는 서로 마주 보는 남녀가 있어 그 사이를 비집고 지나가야만 했다. 어쩔 수 없이 그 둘과 몸이 닿아야 했으며, 세상에 둘 뿐인 듯 눈을 마주치며 가까이 붙어 있는 그들을 살짝 밀고 지나가야 했을 수도 있다. 그들은 발가벗고 있었다. 우리도 서로를 쳐다보았다. 퍼포먼스의 책임이 우리에게 넘어오는 순간이었다. 퍼포먼스는 우리에게 달려 있었다. 어떻게 해야 하지? 남자와 여자의 눈을 바라보고 인사를 할까? 살이나 중요 부위(남자의 것은 쉬고 있었고, 여자의 것은 미스터리 속에 감춰져 있었다)에 스치지 않도록, 그 어디에도 닿지 않도록 손을 몸에 꼭 붙이고 빠르게 지나갈까? 대다수의 관객들은 잠시 놀랄 뿐 별로 당황하지 않는 듯 보였다. 그들은 그냥 지나갔다. 나는 그 순간 샤토브리앙을 떠올렸다. '지나가자 지나가자 모든 것은 지나가니까. 나는 자주 돌아올 거야. 추억은 사냥 호른, 사냥 호른 소리는 바람 사이로 사라지네.'*

모드의 목소리가 들렸다.

"원하면 돌아갈 수도 있어."

그러고 싶었다.

실제로 오른쪽이나 왼쪽으로 돌아가면 그들을 피해 갈 수 있었다. 축 처진 남자의 그곳과 우뚝 솟아 있는 여자의 가슴, 그리고 그 아래 덤불을 피할 수 있었다. 공간은 개방되어 있었고, 그 문은 선택 사항이었다. 우리는 여러 전시실을 돌아다녔다. 아니, 길을 잃었다고 해야 할 것 같다. 고함과 이미지, 침묵, 1970년대 특유의 자극적인 색감과 흑백 영상의 파편들 사이를 헤매며. 두꺼운 붉은 커튼으로 가려져 있고, 아이들의 출입이 금지된 어두운 방들이, 그렇게 우리의 동선을 안내했다. 그건 우리가 겪어야 할 수고의 시작일 뿐이었다. 불현듯 척색종으로 돌아가신 아버지가 떠올랐다. 아주드문 악성 골종양인데, 프랑스어로 '인간의 몸'이라는 표현

* 샤토브리앙은 프랑스 낭만주의 작가다. 화자가 인용한 것은 아폴리네르의 시 「사냥호른」의 한 구절이다. 작가가 의도한 것으로 보인다.

과 같은 발음이다. 죽음과 맞서 15년간 투병했던 아버지의 모습을 떠올리는 내 눈앞에 마치 미백을 한 듯 하얗게 표백된, 피라미드 형태의 소뼈 무더기가 나타났다. 어찌나 깨끗하던지 화학 성분이 가득한 세제를 넣어 세탁기에 돌린 듯싶었다. 뼈 더미 아래에서는 웃통을 벗은 한 남자가 열심히 사람의 뼈를 닦고 있었다. 비누가 풀려 있음에도 여전히 탁하고 짠내 나는 물이 든 양동이에 철 수세미를 규칙적으로 적셔가며 흉곽의 갈비뼈 하나하나를 꼼꼼히 닦는 데 심혈을 기울였다. 그 남자의 팔과 얼굴은 끈적거리는 찌꺼기투성이였다. 그는 점점 더러워졌고, 소뼈와 달리 사람의 뼈는 깨끗해질 기미가 보이지 않았다. 퍼포먼스에 대한 그 어떤 설명도 없었고, 모두 자신만의 해석을 찾아야만 했다. 나는 발칸반도 내의 분쟁과 관련이 있을 것이라고 생각했다. 퍼포머의 행위를 보며, 1995년 세르비아군에 의해 자행된 스레브레니차와 제파 집단 학살*이 떠올랐다. 이 퍼포먼스를 통해 인종 청소라는 개념을 날카롭게 지적하고 있는 것은 아닐까, 하는 생각이 들었다. 더 열심히 청소할수록, 자신은 더러

* 스레브레니차 학살과 제파 학살은 1995년 보스니아 내전 중 세르비아계 군이 각각 유엔이 지정한 '안전지대'에서 보스니아 무슬림 남성과 소년 수천 명을 체계적으로 살해하고 주민을 강제 추방한 사건이다. 두 사건 모두 2차 대전 이후 유럽 최대 규모의 집단 학살에 속한다.

워졌다. 보스니아 전쟁의 끔찍한 참상을 담은 것만 같았다. 미술관을 다녀온 그날 저녁, 반 남은 핫초코를 식게 내버려 두며 나처럼 바쁜 무식쟁이들을 위한 위키피디아를 미친 듯이 검색해 안 사실인데, 그 작품으로 마리나 아브라모비치는 베네치아 비엔날레에서 황금사자상을 받았다. 그나저나 그 세르비아 예술가가 「발칸 바로크」라는 퍼포먼스를 수행하기 위해 살덩이가 여전히 붙어 있는 신선한 소뼈를 주문했다는 사실을 짚고 넘어가야 한다. 그 냄새가 어찌나 역겹던지 관람객들은 작품을 보자마자 도망치려는 반응을 보였다. 그래도 대부분은 자리에 남아 마리나가 보여주는 위로의 몸짓에 홀리고 압도당했다. 청소부 마리나는 아이를 품에 안아 어르듯 소뼈 하나하나를 가슴에 꼭 껴안고 세심히 구석구석 문지르고, 다듬고, 닦아내고, 원피스로 피를 닦아냈다. 바로 그 퍼포먼스에는 우리가 보고 싶었던 것들이 있었다. 부코바르에서 학살당한 크로아티아인들, 사라예보에서 고문당한 사람들, 보스니아인들, 코소보인들, 무슬림과 가톨릭 신자들까지, 20세기 말, 세르비아 정권의 야만성 앞에서 살아남을 자격조차 박탈당한 모든 이들이 거기 있었다. 결코 순수해질 수 없다는 것을 알면서도 순수해지기를 갈망하는 것. 그것은 실패할 수밖에 없는 시도였다. 그리고 바로 그 실패가, 그 시도를 아름답게 만들었다. 마리나 A는 비엔날레의 유고슬라비아관에서 세르비아와 몬테네그로를 대표해 전시를 해달라는 제안을 거절하고 허름한 계단을 타고 내려가야 하는, 빛도 잘 들어오지 않는 이탈리아관에 임시 설치 작품을 두었다. 나흘간의 비엔날레 동안 그 핏빛 더미의 꼭대기에 앉아 일곱 시간씩 작업에만 전념하던 그녀 위에서는 소리 없는 영상이 재생됐다. 그중 한 영상에서 그녀는 아버지와 어머니 사이에 있었다. 유고슬라비아 군대의 퇴역 장군이던 아버지는 하얀 와이셔츠에 넥타이를 바짝 맨 채 밤색 정장을 차려입고는 경직된 모습을 하고 있었고, 어머니는 소박한 연보랏빛 재킷을 입고 있었다. 아버지 보인은 제 관자놀이에 권총을 대고 있었다. 어머니 다니차는 양손을 가슴 위에 올려둔 후 두 눈을 가렸다. 그곳에는 선한 사람도, 악한 사람도 없었다. 오로지 인간으로서의 수치만 있었다. 배부른 채 무관심한 유럽이 방조하는 가운데, '이것'이 자행되는 걸 보지 않는 척, 듣지 않는 척 외면한 그 부끄러움만이. 그동안 마리나는 빨간 테의 평범한 안경을 쓰고, 과학자의 흰 실험 가운을 걸친 채 발칸반도에 나타난 끔찍한 잡종 괴물들, 서로를 끝까지 잡아먹는 늑대로 변한 쥐들의 이야기를 들려주었다. 그러다 어린 시절의 유행가를 흥얼거렸는데, 그건 슬프고도 애처로운 울음 소리였다. 아, 이 이야기는 나중에 다시 하겠다. 지금은 구역질이 날 것 같다. 핫초코도 못 마시겠다.

　그다음 전시실에 들어섰을 땐, 팽팽한 활보다 울라이와 마리나가 주고받는 시선의 긴장이 먼저 눈에 들어왔다. 그녀는 화형 직전의 잔 다르크를 연상시키는 사내아이처럼 짧게 깎은 머리였다. 울라이는 마리나보다 훨씬 크고 마르고 꼿꼿했다. 그는 그의 시선처럼, 활처럼, 활시위처럼 팽팽하게 긴장해 있었다. 그녀는 혹여나 흘릴지 모르는 피를 잘 보여주기 위한 새하얀 셔츠와 장례식장에서 입을 법한 검은 치마를 입고 활의 목재 부분을 꼭 쥔 채 무덤덤한 표정으로 집중했다. 그녀를 바라보는 울라이 역시 그녀와 같이 흰 셔츠에 검은 바지를 입고 활시위를 끝까지 당기기 위해 몸의 무게를 뒤로 실었다. 독화살이 마리나의 심장을 겨누었다. 끝까지 당겨진 활을 사이에 두고, 두 사람은 마주 선 채 미동도 없었다. 그녀의 눈빛은 말한다. '나를 지켜줘.' 이렇게도 읽힌다. '나를 죽여줘. 난 준비됐어.' 그는 왼팔을 다리 옆으로 늘어뜨리고 있다. 오른손으로는 화살의 끝부분을 쥐고 있다. 놓쳐서는 안 된다. 4분. 퍼포먼스는 4분 몇 초간 진행

된다. 길다. 영원의 시간이다. 이따금 그의 손이 떨린다. 손 끝의 긴장이 느껴진다. 나를 지켜줘. 아니면 나를 죽여줘. 그들의 호흡은 점점 가빠오고 짧아지고 거칠어진다. 작은 마이크가 그들의 심장 소리를 기록한다. 박동이 빨라진다. 미친 듯 질주하는 두 마리의 말. 그의 손이 떨렸다. 화살 끝이 움직였다. 겨우 몇 밀리미터. 그 둘은 서로 사랑했다. 그리고 매 순간 서로를 잃을 위험에 처했다. 그들의 하얀 셔츠는 두려움으로 빨갛게 물들었다. 실제로 화살이 마리나의 심장에 꽂히지는 않았지만, 상상이 현실을 지배했다. 두 사람은 사랑을 오직 한 가닥의 활시위에 걸고, 매 순간 신뢰를 시험대에 올렸다.

숨이 막히는 장면들이 또 있었다. 한 영상에서는 두 연인이 입을 맞춘 채 질식할 때까지 끝없는 키스를 했다. 설명을 읽어보니 1977년, 그들이 예술에 모든 것을 바치기로 결심하고 젊은 시절 수행한 퍼포먼스의 첫 번째 버전이었다. 퍼포먼스 도중 마리나 아브라모비치와 울라이는 서로의 이산화탄소에 질식해 실신했다. 다른 영상에서는 마리나가 「들숨, 날숨」 퍼포먼스를 아주 간단한 몇 마디로 묘사하고 있었다. "우리는 무릎을 꿇은 채 서로를 마주 보았고, 입은 서로

짓눌려 있었다. 콧구멍은 담배 필터로 막았다. 울라이는 산소를 마시고, 이산화탄소를 내뱉었다. 나는 이산화탄소를 마시고, 이산화탄소를 내뱉었다." 바로 옆 벽면에는 마리나와 울라이가 벌거벗은 채 마주한 영상이 나오고 있었다. 둘은 부딪힐 때까지 서로에게 돌진했고, 둘 중 하나가 기력을 다할 때까지 계속해서 속도를 높여 다시 달려가 서로를 들이받았다. 울라이가 고개를 조금만 숙였어도 턱으로 마리나의 가슴을 다치게 할 수 있었다. 그러나 또 한번 신뢰가 승리했다. 마리나가 발가벗은 채 벽으로 달려들고 또 달려들던 다른 영상에서처럼, 그 충격은 견딜 만해 보였다.

몇 번이나 발길을 돌리려 했지간, 그보다 큰 힘에 이끌린 나는 계속 따라갔다. 비 오는 들판에서 비옥한 땅을 기원하며 의식을 치르는 나체의 남녀들. 젖은 땅에 성기를 박는 남자들. 사방으로 뛰어다니며 치마를 걷어 올려 하늘을 향해 성기를 드러내는 여자들. 충격적이고, 찝찝하고, 당황스러운 장면들이 쉼 없이 이어졌다. 눈부신 흰빛으로 가득한 전시실 앞에는 퍼포먼스를 보려는 관객들이 줄 서 몇 명씩 무리를 지어 들어가고 있었다. 이번에도 완전히 벌거벗은, 불안정하고 허약한 한 여자가 높은 벽에 기대서 있었고, 까만 음모는 지나치게 밝은 그 작품 속 유일한 음영이었다. 퍼포머는 자전거 안장에 앉아 짧은 막대에 두 손을 걸치고 두 발은 철제 받침대에 겨우 얹은 채, 오직 안장에 의지해 두 팔을 벌리고 다리를 모은 예수의 자세를 취하고 있었다. 전시실에 들어가자, 그녀는 눈에 띄게 가슴과 턱을 떨며 심각한 경련을 일으키고 있었다. 보는 사람도 견디기 힘든 모습이었다. 그 자세를 유지한 지 30분이 막 지나자 교대를 하기 위해 온 다른 퍼포머의 도움으로 불안정한 설치물에서 내려와 하얀 가운을 입었다. 새 퍼포머는 이전 퍼포머의 안장 덮개를 건네주고 자신의 것으로 교체했다. 그리고 자신의 성기를 딱딱한 사물과 사람들의 시선에 맡기고선 강렬한 조명 아래서는 도저히 견디기 힘든 자세를 취했다. 연이어 되풀이되는 한 영상에서는 마리나 아브라모비치가 「광명 」이라는 제목의 그 퍼포먼스에 관한 설명을 하려고 입을 뗐다. "이 작업은 고독과 비애, 고통, 그리고 정신적 고양에 관한 것입니다."

만약 한 이미지, 그러니까 단순한 사진 한 장이 나를 유인하지 않았더라면 나는 아마 거기서 발걸음을 돌렸을 것이다. 사진 속에는 손톱과 입술을 새빨갛게 칠한 마리나가 하늘의 빛을 향해 고개를 들고 커다란 양파를 게걸스럽게 파먹고 있었다. 그녀가 한 입 한 입 꿰어 삼키는 양파 조각마다 마리나의 삶의 단편, 눈물로 젖은 후회, 슬픈 기억들이 배어 있었다. 양파의 둥근 속살이 겹겹이 사라져 갈수록, 그것들은 함께 목으로 흘러내렸다. 발걸음을 조금 더 옮기자「고백」이라는 영상이 있었고, 거기서 마리나는 무릎을 꿇고 당나귀와 단둘이 마주 보고 있었다. 우스꽝스럽기보다는 평화롭고 충만하며 심오한 기운을 풍겼다. 그다음, 마지막 전시실에는 누구든 한번 집중해서 보고 나면 잊을 수 없는 전시의 피날레가 있었다.「예술가는 여기 있다」. 비로소 그녀가 거기 있었다. 실제로 그녀가 거기 있던 것은 아니었지만, 여러 면의 벽 위에, 생기 있으면서도 정적인, 의도된 감정은 없지만 하고 싶은 말이 너무나도 많아 보이는, 시선은 고정되어 있지만 표정은 고통스러운, 눈물을 흘리는, 비애에 잠긴, 평온한, 담담한, 웃는, 그리고 얼이 빠진 마리나 아브라모비치의 수많은 얼굴이 있었다. 전시실 한가운데에는 빈 테이블과 의자 두 개가 있었다. 누구든 원하는 상대와 마주 보고 앉아 서로를 바라볼 수 있었다. 마리나 아브라모비치가 2010년 뉴욕 모마에서 처음으로 선보인 퍼포먼스였다. 하얀색, 빨간색, 네이비색 드레스를 입고, 칠흑같이 까만 생머리를 풀어 헤치거나 땋아 왼쪽으로 늘어뜨린 그녀는 세 달 간 매일 일곱 시간씩 의자에 앉아 꼼짝도 하지 않았다. 736 시간 동안 아무 말도 하지 않고, 먹지도, 마시지도, 화장실도 가지 않고 관객 한 명 한 명과 1분씩 마주했다. 마리나는 관찰자가 되레 관찰을 당하게 되는 강렬한 에너지의 교류를 완수했고, 그녀는 이를 '생애 가장 전투적이었던 퍼포먼스'라 평했다. 모마의 관장은 회의적이었다. "아무도 오지 않을 거야. 여긴 모두가 너무나도 바쁜 뉴욕이잖아. 왜 그들이 여기서 시간을 허비하겠어?" 마리나는 그저 침묵으로 답했다. 줄은 끝없이 이어졌고, 사람들은 몇 시간씩 기다렸다. 75만 명(여기에 인터넷으로 관람한 100만 명을 추가해야 한다)이 그 인간적인 눈빛 앞에 자리를 잡았다. 관람객의 성별, 국적, 배경은 실로 다양했다. 예술가가 보여준 묘기와도 같은 신체적, 정신적 인내에 감동받아 눈물을 흘리는 사람도, 함박웃음을 짓는 사람도 있었다. 그녀는 그들에게 자신에게 가장 귀한 것, 관심과 시간을 내어주었다. 시간이 시선을 변화시키고 그 시선들을 더 깊은 곳으로 인도한다고 믿은 그녀는 돈과 시장경제가 지배하고 모바일 기기가 앗아 간 시간에 맞섰다. 뉴요커, 각 지역에서 온 미국인, 그리고 외국인까지 모두 휴대폰을 내려두었다. 그들은 예술가의 얼굴 앞에서, 자신들을 향해 고정된 그녀의 시선 속에서, 마비된 인간성의 일부를 되찾았다.

내가 벽면 가득 설치된 스크린 속 마리나 아브라모비치가 짓는 모든 표정을 유심히 살펴보는데, 모드가 소리쳤다.

"이거 맘에 들어!"

"뭐가 맘에 든다고?"

"이 영상을 봐봐. 울라이와 마리나가 서로 마주 앉아 웃고 있어! 꼭 서로 화해한 것 같아."

"그래 보이네. 근데 둘 사이가 틀어지지는 않았잖아. 아닌가?"

"만리장성에서 헤어졌잖아. 못 봤어?"

"만리장성에서? 진짜? 그게 무슨 소리야!"

모드는 목소리를 높이고 싶지 않았다. 모드는 내 손을 잡고 전시실 몇 개를 되돌아, 붉은 커튼이 드리워진 곳으로 나를 이끌었다. '선정적'이라는 문구 아래, 그 안에서는 시골 여자들이 빗속에서 성기를 드러낸 채 계속 뛰어다니고 있었다.

"봐, 눈요기만 하고 이 아름다운 장면은 놓쳤지?" 모드가 빈정거렸다.

"나는 전혀 에로틱하다고 생각하지 않았어." 나는 세상 그 누구보다도 진지하게 말했다. 정말로 나는 그 성적이면서도 목가적인 광경 앞에서 대리석 덩어리나 다름없었다 (미켈란젤로의 조각상들 처럼).

맞은편에는 화면이 둘로 나뉜 모니터가 설치되어 있었다. 끝이 보이지 않을 만큼 광활한 풍경을 배경으로, 마리나와 울라이는 각자 능선을 따라 걷고 있었다. 아찔하게 펼쳐진 수평선 위, 만리장성을 따라 걷는 그들의 발걸음은 초라하면서도 열정과 확신에 차 있었다. 때로는 낙타만 드문드문 지나가는 막막하고 황량한 길이 이어졌다.

모드는 조용히 속삭였다. "이 여정을 떠나기로 결심했을 때, 둘은 서로에게 미쳐 있었어. 각자 만리장성의 양 끝에서 출발해 자신들의 사랑을 기념하고 싶었던 거지. 만나기까지 1250킬로미터씩을 걸어야 했어. 울라이는 고비사막에서, 마리나는 황해에서 시작했지. 그런데 중국 정부의 허가를 기다리는 중에 이별을 결심하게 된 거야. 그럼에도 그들은 계획한 대로 여정을 끝마쳤고, 가벼운 포옹을 한 뒤 각자 가던 길을 갔어. 두 사람의 영원한 결합을 약속하고자 했던 여행이 결별의 상징이 됐지. 이별마저도 예술 작품으로 만들고 싶었던 거야. 멋지지 않아?"

나는 모드가 슬픔과 동시에 전날 레오나르도 다빈치의 「수태고지」를 마주했을 때의 감정을 느낀다는 걸 알 수 있었다.

"그런데 이상한 일이 벌어졌어." 모드는 내 대답을 듣기도 전에 말을 이었다.

"무슨 일?"

"마리나가 미친 듯이 화를 냈어. 왜냐하면 약속된 만남을 이틀 앞두고, 울라이가 발걸음을 멈췄거든. 너무 아름답다고 느낀 풍경이 눈앞에 있었고, 마리나와 바로 그곳에서 만나야 한다고 생각했던 거야."

"좋은 생각 같은데, 아니야?"

"아니, 들어봐. 마리나는 딴 길로 새지도, 속도를 늦추지도 않고 걷다가 만나야 한다고 생각했어. 장소가 마음에 든다는 핑계로 둘 중 하나가 상대를 기다리게 된다면 원래 계획과는 달라지는 거지."

"나는 별문제 없다고 생각하는데."

"그래, 맞아. 근데 마리나는, 저 옆에 있는 영상에서 설명했던 것처럼 예술은 꼭 아름답지 않아도 된다고 생각했어. 의미가 있어야 하지. 둘은 다른 거잖아."

"당신은 어떻게 생각하는데?" 나보다 예술적 감각이 뛰어난 모드에게 물었다.

　"나는 마리나를 이해해. 가자."

　나는 「예술은 아름다워야 한다」라는 제목의 설치 작품 앞을 그냥 지나쳤다. 그 안에는 한 손에 솔을, 다른 한 손에 쇠빗을 든 채, 머리를 거칠고 난폭하게 빗고 당기며 학대하는 스무 명의 마리나가 등장했다. 그녀는 고통에 일그러진 얼굴로 "예술은 아름다워야 한다. 예술가는 아름다워야 한다"라고 외치며 자기 자신에게 폭력을 가했다. 1975년에 처음 시도한 이 퍼포먼스는 마리나가 젊은 세르비아 여성으로 작품 활동을 시작했을 당시 겪은 아이러니를 표현했다. 급진주의의 전시. 스타 중심주의, 아름다움 자체를 위한 아름다움, 그리고 머리를 빗으며 스스로를 가꾸는 여성에게 강요된 단정함을 파괴하고자 하는 의지. 마리나는 말한다. "유고슬라비아는 예술은 아름다워야 한다는 미적 편견으로 나를 질리게 만들었다. 우리 집에 드나들던 친구들은 그림이 카펫이나 가구와 잘 어울려야 한다고 믿었고, 예술은 무엇보다 장식적이어야 한다고 여겼다. 하지만 나는 예술에서 아름다움을 찾기보다, 그 의미를 찾고 있었다. 이 퍼포먼스를 통해 나는 아름다움의 이미지를 파괴하고 싶었다. 나는 예술은 혼란을 야기하고, 질문을 던지고, 심지어 미래에 관한 무언가를 이야기해야 한다고 믿게 되었다. 예술은 정치적이어야 한다. 그렇지 않으면, 예술은 단 하루만 의미 있는 신문지에 불과하다. 다음 날이면 바로 버려지니까." 이 반체제 예술가는 소비를 숭배하는 서구 사회가 여성과 여성의 몸에 덧씌운 고정관념을 냉소적으로 조롱했다. 그녀는 그렇게 선언할 때까지만 해도 후에 어떤 일이 벌어질지 몰랐다. 그로부터 35년 후, 미국의 인기 드라마 「섹스 앤 더 시티」의 여주인공 캐리 브래드쇼는 한 에피소드에서 마리나 아브라모비치의 퍼포먼스 「예술가는 여기 있다」를 관람하러 가게 된다. 마리나는 이렇게 말했다. "여성은 나약하고 의존적인 역할을 유지해야 한다. 만약 당신이 그런 여성이 아니라면, 남성들은 당신의 과감함에 홀릴 것이다. 다만 오래가지는 않는다. 그러고 나면, 금세 싫증을 느끼고는 당신을 짓누르고 복종시키려 들 것이다."

그런데 2010년, 마리나가 700여 시간 동안 낯선 이들과 눈을 마주치는 퍼포먼스를 했을 당시, 한 남성이 그녀를 흔들어놓았다. 지나쳐 가는 수많은 익명의 사람들과 팝 가수 레이디 가가나 래퍼 제이지와 같은 유명인들을 응시하며 무표정으로 집중하던 마리나는 과거 파트너였던 울라이가 맞은편 의자에 앉자 무너져 내리고 말았다. 모드는 내게 그 이야기를 들려주었다. 겉보기엔 사소한 일 같았지만, 두 사람의 관계 안에서는 결코 그렇지 않았다. 두 사람은 여전히 수많은 보이지 않는 끈으로 묶여 있었고, 그 유대는 1977년의 퍼포먼스만큼이나 혼란스러웠다. 그 퍼포먼스에서 두 사람은 서로 등을 맞댄 채, 열일곱 시간 동안 떨어질 수 없었다. 머리카락은 서로 얽혀 외부의 도움 없이는 도무지 풀 수 없는 매듭이 되어 있었다. 정신을 집중하기 위해 눈을 감고 다음 사람을 기다리던 그녀가 조심스레 눈을 떴을 때, 울라이를 마주한 그녀의 눈빛은 갑자기 동요했다. 그는 그녀 앞에 수염이 듬성듬성한 늙고 마른 모습으로 나타나 벅찬 얼굴로 미소를 지으며 믿을 수 없는 존재를 앞에 두고 있다는 듯 고개를 내저었다. 마리나는 눈물을 흘리기 시작하다 이내 무덤덤한 태도를 버리고 관중의 환호를 받으며 그를 향해 손을 뻗었다.

"이런 걸 다 어떻게 알아?" 나는 모드에게 물었다.

아내는 대답 대신 안내 데스크에서 얻은 가이드북을 내밀었다.

"여기 쓰여 있어. 만리장성 이별 이야기도 있고."

아내의 목소리는 퍼포먼스가 진행되는 동안 마리나의 얼굴을 비추던 조명처럼 창백했다.

우리는 그곳에 몇 시간을 있었다. 헤드폰을 쓴 리사는 전혀 지루해 보이지 않았다. 나는 딸이 음악을 듣고 있는지, 듣고 있다면 무슨 음악인지, 아니면 자신만의 방음 부스 안으로 도망쳐 버린 건 아닌지 궁금했다. 모드는 손가락으로 뉴욕 구겐하임 미술관에서 온 전시의 마지막 영상을 가리켰다. 그곳에는 여전히 또 한번 발가벗은 채 커다란 가슴을 드러낸, 군용 베레모를 쓰고 곤봉을 손에 쥔 마리나가 있었고, 면도날에 베인 배의 상처에서는 피가 나고 있었다. 그 상처들은 배꼽 주위에 유고슬라비아 공산당의 붉은 오각별, 즉 그녀의 고향 베오그라드의 오각별 모양이었다. 내 앞에 있던, 피부가 새까맣게 탄 남자 두 명이 마리나의 상처 난 복부를 유심히 살펴보며 눈빛을 주고받았다. 알아듣긴 힘들었지만, 둘 중 나이가 더 많아 보이고 볼이 벌건 남자가 같이 관람 온 남자에게 건넨 말에서 '오성 운동'이라는 단어가 여러 번 들려오는 걸 보니 공산주의의 상징인 오각별과 몇 달 전부터 이탈리아를 장악한 극우 파시스트 정당의 오성 운동* 사이에 어떤 연관이 있을 수도 있다는 이야기인 것 같았다.

거기서 몇 미터 떨어진 곳에서 젊은 시절의 마리나가 혼란기였던 당시 베오그라드에서 수행한 퍼포먼스에 관한 글을 읽었다. 목숨이 위험할 정도로 급진적이었던 마리나의 첫 반체제 행위였다. 그 퍼포먼스의 방법은, 치밀하게 계획되었다고 해도 과언이 아닐 만큼 세세하게, 집행관의 보고서처럼 냉정하고 건조하게 기록되어 있었다.

나는 오각별을 바닥에 내려놓는다(구조물은 100리터의 휘발유를 뿌린 나무와 톱밥으로 만들어졌다).

나는 오각별에 불을 붙인다.

나는 오각별 주위를 걷는다.

나는 머리카락을 잘라 다섯 개의 별 끝에 놓는다.

나는 손톱을 잘라 다섯 개의 별 끝에 놓는다.

나는 발톱을 잘라 다섯 개의 별 끝에 놓는다.

나는 별 안으로 들어간다.

나는 별과 하나가 된다.

* 오성 운동 Movimento Cinque Stelle은 2009년에 베페 그릴로가 창립한 이탈리아의 반체제 정치 단체로, 부패 반대와 환경보호, 직접민주주의를 강조한다.

하마터면 그날 저녁 마리나는 산 채로 불에 탈 뻔했다. 그녀의 오랜 경력 중 유일하게 중단해야만 했던, 공산주의 세력에 무력하게 탄압당한 육체들을 표현하려던 퍼포먼스였다. 그 옆에는 같은 시기에 촬영된「성기의 공포」라는 사진이 있었다. 마리나는 검은 가죽 재킷과 바지를 입고 의자 위에 앉아 가슴 앞에 검은 기관총을 들고 주변을 감시했다. 사타구니 부분이 훤히 잘려 나간 바지 사이로 새까맣고 수북한 음모로 둘러싸인 생식기가 보였다. 리사는 아무것도 묻지 않았다. 나는 의문이 들었다. 두 개의 검은 구멍이 있다. 죽음의 상징인 기관총의 총부리와 생명의 상징인 마리나의 생식기. 무엇이 승리할 것인가? 나는 확신할 수 없었다.

스트로치 궁전에서 나오니 이미 해가 져 있었다. 나는 뭔가를 보았다. 하지만 나는 과연 무엇을 본 것일까? 모드와 리사는 허기지다고 했다. 둘은 나를 앞질러 호텔 프런트의 젊은 브라질 출신 직원이 추천해 준, 유니타 광장에서 그리 멀지 않은 오스테리아*로 향했다. "18K 금입니다, 한번 보고 가세요, 소뼈를 가공해서 만들었어요."라고 외치는 보석

---

* 이탈리아어로 와인과 간단한 음식을 파는 곳을 이른다.

상 가판대부터 크리스마스 조명으로 빛나는 새틴 원피스, 나뭇잎과 꽃, 요정이 그려진 청바지, 옛 피렌체의 흑백사진, 배낭, 패턴이 화려한 신발, 그리고 반질반질한 가죽 부츠가 끊임없이 둘의 발걸음을 붙잡았다. 뒤따라 조용히 걷는 나의 머릿속은 온통 뒤죽박죽이었다. 마리나 아브라모비치의 세계에서 보낸 몇 시간은 나의 방어막을 무너뜨리고 내 의식을 자극했다. 노인이 다 된 나였지만 내 인생의 무언가가 막 시작되고 있었다. 그날 밤 나는 우리의 안녕이 서로를 도와야 할 필요와 서로를 파괴하려는 욕망 사이의 미세한 점과 같다는 생각을 하며 피렌체의 밤거리를 거닐었다. 마리나는 나에게 무언가를 말했지만, 그게 정확히 무엇인지 알 수 없었다. 스트로치 궁전에서 마리나가 놓아둔 다양한 색의 쌀알을 천천히, 세심하게, 쓸데없고 우스꽝스럽다고까지는 할 수 없는 방식으로 분류하던 관객들과 달리, 나는 몰아치는 감정들을 추려내고 가려낼 수 없었다. 받아들이려면 시간이 더 필요했다. 내가 이해한 것은 강렬하면서도 고요하고, 또 희미했다. 우리는 매일같이 부대끼며 살아갔고, 서로를 열렬히 사랑했으며, 살을 맞대고 서로에게 침투하며 각자의 길을 걸어갔다. 그 길은 방향을 틀자마자 끊겨버릴 수도, 한참을 이어지다 실편백 나무의 녹음과 새소리로 피렌체를 에워싼 토스카나의 산 뒤에서 갑자기 사라질 수도 있었다. 마리나 아브라모비치의 촛불이 계속해서 태우던 것은 다름 아닌 내 손가락이었으며, 내 뼈였고, 마리나의 눈빛에 압도된 나의 가슴속에서 연소되던 심장이었다. 나는 처음으로 그녀의 고정된 시선 속에서 헤아릴 수 없을 만큼 깊고 겹겹이 쌓인 삶의 층들을 보았다. 그 삶들은 마치 소뼈처럼, 눈물샘을 자극하는 큼직한 양파의 얇은 껍질처럼, 그리고 뒤엉켜 풀 수 없는 온갖 감정들처럼 포개져 있었다. 그곳에서는 사랑, 수치, 두려움, 기다림, 희망이 솟아올랐다. 그리고 그 모든 것 위로, 망치와 주사기, 톱(팸플릿 사진에는, 「리듬 0」을 위해 마리나가 준비해 둔 72개의 오브제 가운데, 가시 돋친 장미 옆에 놓인 위협적인 톱이 찍혀 있었다)과 같은 도구들을 통해, 예술은 삶과 죽음을 잇는 불안정한 다리가 되었다. 그 예술은 마리나의 고향인 발칸반도를 닮아 있었다. 마리나는 동쪽이 느림을, 서쪽이 빠름을 상징한다고 말했다. 그리고 한 영상에서는 이렇게 덧붙였다. "발칸은 그 둘을 잇는 다리예요. 그런데 바람이 아주 세죠. 바람이 너무 강해서 가만히 서 있기조차 어렵고, 그래서 우리는 온갖 감정에 끊임없이 휘둘리게 되는 거예요." 나는 모드의 뒤를 따라 걸으며, 바람이 나를 어디로 이끌지 기다리고 있었다. 아니면, 그냥 어디론가 데려가 버리기를.

　고통스러운 밤이었다. 잠이 오지 않았다. 윗방인지 옆 건물인지 몰라도 어떤 커플이 밤늦은 시간까지 또 소리를 질러댔고(그 소리가 귀 주위를 맴도는 것 같았다) 이 얼굴 없는 음성은 울부짖는 두 마리 하이에나, 서로 마주 본 올라이와 마리나의 형상으로 대체되었다. 그리고 나는 모로코의 낯선 광경 속에서 눈을 떴는데, 내 아버지의 고향인 모로코의 도시 페스에 있는 야외 가죽 공장이었다. 만약 골종양이, 그러니까 인간의 육체가 그를 붙잡아 두지 않았더라면, 마지막만이라도 그를 평화롭게 내버려두었다면 아마도 그는 생의 마지막 순간을 그곳에서 보내고 싶었을 것이다. 염소 가죽의 악취가 코를 찔렀다. 나는 올리브 나무 통나무 위에 앉아, 발을 거대한 바위 위에 얹은 채 아버지의 해골 뼈를 하나씩 하나씩 닦고 있었다. 그때 하이크를 두른 한 여자가 다가와, 탁한 공기를 덮어줄 박하 가지를 내게 건넸다. 나는 아버지를 종양에서 해방했고, 종양을 하나하나 뜯어내고 나서는 뼈를, 긴 정강이뼈와 병이 좀먹은 갈비뼈를 끊임없이 닦아냈다. 척추뼈 하나하나를 최대한 부드럽게 어루만지다 박하 가지를 하나 더 내미는 여자를 향해 고개를 들었다. 자석처럼 강한 힘으로 나를 응시하는 그 여자는 마리나 아브라모비치였다. 그다음 나는 아버지의 여동생이 열일곱 살 때부터 잠들어 있던 페스 유대인 공동묘지의 하얀 무덤 위에 누워 있었다. 마리나가 내 위에 내가 모셰라고 부르던 아버지의 해골을 내려놓는 동안 나는 가만히 누워 있었고, 찬찬히 아버지를 품에 안았다. 나는 해골에 짓눌렸다. 해골이 그렇게나 무거울 수 있는지 상상도 못 했다. 그는 나를, 나는 그를 닮았기에 나의 두개골 위에 그의 두개골이, 나의 흉곽 위에 그의 흉곽이 맞닿았다. 내가 숨을 불어 넣자 아버지는 부활했다. 그건 아버지의 해골이 아니었다. 거울이었다. 나는 위로와 사죄의 의미로 유대교 노래를 부르려고 했지만 아는 곡이 없음을 깨달았다. 눈물이 차오르는 게 느껴졌을 때 마리나 아브라모비치의 나체 실루엣이 다가왔다. 그녀는 여전히 말없이 나를 쳐다보았고, 배에는 공산주의 오각별에 각을 하나 더 그려 넣은 다윗의 별, 육각별이 그려져 있었으며 모든 모서리에서 피가 흘렀다. 그녀는 마치 길을 안내하듯 배 위에 면도칼로 난도질해 새겨놓은 그 별을 내 눈앞에 갖다 댔다. 무슨 말인지조차 알 수 없는 외국어 노래가 내 목에서 흘러나왔고, 순간 나는 땀에 흠뻑 젖은 채 깼다. 평화롭게 잠들어 있던 모드의 규칙적인 숨소리가 방 안을 부드러운 이불처럼 감쌌다. 그녀의 양발이 번갈아 움직였다. 만리장성을 걷고 있음이 분명했다.

다음 날 아침 식사 자리에서, 나는 마리나의 늑대로 변한 쥐 이야기를 꺼내지 않았다. 결국 사고 말았던(그래도 나는 '생존 키트'라는 이름으로 팔던 가루사탕 안에 무엇이 들어 있는지 궁금해하는 호기심에는 굴복하지 않았다. 그 정도까지 할 필요는 없었다. 어차피 구찌를 비롯한 행사 스폰서들은 충분히 부자였으니까) 가이드북과 카탈로그를 포함해, 늑대-쥐 이야기를 담은 영상까지 모두 영어로 되어 있었기에 세부 내용까지 이해하기는 어려웠다. 이 역시 비판받아 마땅한 역할 분담이지만, 나는 영어를 유창하게 구사하는 모드의 통역에 기대었다. 내가 애쓰면 아주 기초적인 영어는 이해할 수 있었겠지만, 그런 노력을 하는 일은 드물었다. 나만의 유치한 방식으로 세계화와 억지 영어의 확산, 프랑스어의 붕괴 같은 것에 저항하고 있다고 스스로를 변명했지만, 사실은 그럴듯한 핑계와 민족주의적 명분을 내세워 내 게으름을 그럴싸하게 꾸미고 있었을 뿐이었다.

우리는 중심 상점가로 걸어나갔다. 아내는 전형적인 피렌체 스타일의 반지를, 헤드폰을 쓴(하지만 점원의 목소리를 듣기 위해 노래는 잠시 꺼둔) 리사는 빈티지 블라우스를 골랐다. 쇼핑을 하던 중, 나는 그 유명한 비인간화된 쥐들에 대해 이야기를 꺼냈다. 나는 모드에게 마리나 A의 이야기에서 내가 이해한 부분을 들려주었다. 친근감이 커졌는지 나는 마리나 A라고 이름을 줄여 부르기 시작했는데, 사실 마음속으로는 끝을 늘어뜨리면서도 약간 사이키델릭한 '마리나아Marinaa'를 떠올렸다. "그러니까, 내가 주워듣고 이해한 단편적인 지식에 따르면 쥐는 가장 무해하면서도 가장 지능이 높은 생명체야. 마리나아가(보라, 쉽지 않은가. 더 짧고 이해하기도 쉽다) 인용한 전문가의 말에 따르면 쥐들은 너무 똑똑해서 몸무게가 대충 20킬로그램이 넘어가면 반드시 세상을 지배하게 된대. 이건 아인슈타인이 직접 한 말이야. 아인슈타인 얘기가 흥미롭게 들린 건 이번이 처음이었어. 그런데 이 평화주의적인 작은 짐승들은 연구소에서 실험을 거치고 나면 동족을 죽이는 연쇄살생범이 될 수도 있대. 여기까지 듣고 맥락을 놓쳤어. 외부의 압력을 받은 발칸반도에서 서로를 죽이는 이 늑대-쥐들이 생겨났다는 것 정도만 이해했어."

"그래도 핵심은 건졌네." 모드는 내가 무슨 말을 하고 싶은지 모르겠다는 듯 대답했다.

그녀의 말투에서, 머릿속에 이미 마리나 아브라모비치는 사라졌음을 알 수 있었다. 아내의 관심사는 그녀의 어머니에게 줄 예쁜 귀걸이를 찾고("엄마 눈동자와 어울리게 푸른 보석이 박힌 세련된 걸로, 엄마 알잖아.") 제시간에 두오모 광장의 파니니 가게에 도착해 긴 줄을 피하는 것이었다.

나는 아내의 계획에 동의하면서 쥐들의 이빨 이야기는 제대로 이해하지 못했다고 한 번 더 말했다. 우리는 형광빛 진열창 너머 전화기와 스피커, 그리고 최신 전자 기기가 잔뜩 쌓여 있는 가게를 지나치고 있었는데, 그때 대형 화면 속 거대한 피자를 먹으며 만족의 표시로 엄지를 치켜세운 현 이탈리아 내무부 장관이 눈에 들어왔다. 화면 아래쪽에는 입에 음식이 가득 차 잘 들리지 않는 그의 말이 자막으로 나왔다. "핫페퍼로니와 양파가 올라간 피자, 최고의 저녁!" 나는 이 문장을 해석하는 나 자신을 보고 이탈리아어가 꽤 늘었다고 생각한 동시에 소시지와 튀긴 양파에 군침이 도는 걸 느꼈다. 장관은 "이게 진짜 이탈리아지!"라고 외치더니 한 입 더 베어 물었다. 노골적으로 촬영된 새하얀 치아를 본 나는 다시 쥐 이야기를 꺼냈다.

모드는 반복되는 내 이야기에 대답할 기분이 아닌 듯 싫증 나고 불편한 기색이 역력했다. 날 도와준 건 주변 소리를 듣기 위해 헤드폰 한쪽을 위로 젖혀두던 리사였다. 딸이 말했다. "마리나의 친구인 한 교수가 몇 년 동안 쥐를 연구했대요. 서른 마리쯤 되는 쥐 한 가족을 격리하고 물만 주었더니, 앞니가 믿을 수 없을 만큼 빠르게 자라기 시작했대요. 너무 커져서 결국은 질식할 정도까지요. 죽음이 다가온다는 걸 느낀 쥐들은 겁에 질렸어요. 게다가 그 실험은 쥐들을 눈멀게 만들기도 했어요. 굶주리고 공포에 질린 큰 쥐들은 약한 쥐들에게 달려들어 잡아먹었죠. 앞니를 줄일 수 있는 유일한 방법은 주변 쥐들을 죽여 먹는 것뿐이었어요. 결국 가족을 모두 먹어 치우며 이빨을 갈아낸 가장 힘센 쥐 한 마리만 살아남았는데, 그러다 끝내 자기보다 더 강한 쥐를 만나고는 그 쥐에게 잡아먹히게 됐어요." 리사는 다시 헤드폰으로 나머지 귀를 막았고, 나는 생각에 빠졌다. 그리고 나는 순식간에 마리나의 의도를 간파했다. 완벽한 비유였다. 끈끈한 관계의 무해한 쥐들이 늑대-쥐로 바뀌었다. 그리고 사랑과 증오를 아우르는 모든 감정의 바람이 몰아치는 발칸은 학살로 몰락했다. 이가 자라난 사람들, 한때 동포였던 형제들은 이성을 잃고 서로를 죽였다. 나치즘 이후 최악의 비극 속에서 그들의 육체는 피바다에 떠내려갔다. 마리나 아브라모비치가 성모마리아와 혁명가의 모습을 하고 이야기한 것은 바로 이것이었다.

모드는 피렌체 로마 거리의 미국인 여자가 운영하는 한 옷가게에서 원하던 물건을 발견하곤 기뻐 했다. 그리고 그 덕에 모든 인터넷 사이트에서 입을 모아 극찬하던 피렌체 최고의 맛집 '파니니 토스카니'의 별미를 제시간에 맛볼 수 있게 됐다. 최신형 피노키오 인형부터 열쇠고리, 스노볼이 가득한 신문 가판대(〈라 레푸블리카〉와 〈라 스탐파〉를 발견하기까지 한참이 걸렸다)를 지나치다 한 기사 제목이 눈에 들어왔다. 또다시 등장한 내무부 장관이 바다를 건너 항구에 상륙해 이탈리아로 들어오는 이주민들을 고발하는 내용이었다. '그들은 배를 버리고 도망치는 쥐처럼 몰려온다.' 우리는 산처럼 쌓인 빵과 치즈, 샤르퀴트리의 환영을 받으며 파니니 소굴의 인파를 뚫고 들어갔고, 그때 난 배고프지 않다는 사실을 깨달았다. 나는 매콤한 소스와 피망 절임, 생 토마토를 곁들일 서너 종류의 빵(둘은 결국 올리브빵을 골랐다)과 생치즈, 그리고 얇게 썬 잠봉 사이에서 고민에 빠진 아내와 딸을 뒤로하고 다시 밖으로 나왔다. 나는 엄청난 크기의 파니니를 순식간에 먹어 치우는 아내와 딸을 보고 적잖이 놀랐다.

"당신 실수한 거야, 이거 엄청 맛있어." 모드는 피자를 먹던 화면 속 장관처럼 알아듣기 힘든 소리로 중얼거렸다.

하루는 별일 없이 저물어갔다. 어쨌건 우리는 휴가 중이었다. 파리로 돌아가는 비행기는 다음 날 이른 오후 출발이었고, 일찍 일어난다면 공항으로 가는 택시를 부르기 전에 피렌체에서의 마지막 나들이를 할 시간도 있었다. 하지만 그날, 나는 어딘가 공허했다. 더 이상 무언가를 보고 싶지도 않았다. 인파로 붐비는 거리와 아르노강 가를 정처 없이 걷고 싶어, 우피치 미술관에 한 번 더 가보겠다는 모드와 리사를 따라가지 않았다. 그리고 어느 골목길에서, 어떤 철부지가 낙서해 놓은 통행 금지 표지판을 발견했다. 하얀 직사각형 가로선 안에는 마치 판자에 묶인 듯 양팔을 밖으로 빼놓은, 무릎 꿇은 사형수가 그려져 있었다. 몇 걸음 떨어진 곳에는 빨간 네모 부분에 머리를 두고 양팔을 벌린, 세로선을 따라 몸통을 둔 예수가 그려진 T자 모양의 막다른 골목 표지판이 있었다. 나는 대체 누가 이런 장난을 쳤는지 궁금해졌다. 그리고 순식간에 마리나 아브라모비치를 떠올렸다. 아니 사실, 그녀는 이미 그 전날부터 내 머릿속을 떠난 적이 없었다. 그녀라면 어떻게 반응했을까? 분명한 것은, 스트로치 궁전에 방문하기 전의 나였다면 이 낙서들을 그냥 지나쳤을 거라는 사실이다. 그 세르비아인 예술가는 내 안에, 세상을 바라보는 방식 자체에 균열을 일으켰다. 이제 다른 방식으로 눈을 떠야 했다.

그날 밤, 호텔에 도착하자마자 컴퓨터 앞으로 달려갔다. 재빨리 와이파이 비밀번호를 입력하고 마리나 아브라모비치의 이름을 검색했다. 아는 게 없다시피 한 내 무지의 규모를 낱낱이 드러내는 수백 개 사이트가 나왔다. 수천 페이지의 댓글부터 비평, 분석, 신체를 사용한 예술에 관한 학술적인 글, 다큐멘터리, 영화, 삽화, 미국이나 유럽 언론과의 수많은 영어 인터뷰까지 50여 년간의 활동 흔적이 가득했다. 여러 전시 영상에서 피렌체, 뉴욕, 라싸, 밀라노에서 한 퍼포먼스를 자세히 다시 볼 수 있었다. 어째서 나는 지금껏 그녀를 몰랐던 걸까? 소아 정형외과 의사인 나의 관심사가 그녀의 세계와는 너무나 동떨어져 있던 것도 사실이다. 미국 극우 세력이 그녀를 악마 숭배자로 몰아갔듯, 나 역시 쉽사리 그녀의 예술을 노출증이나 마조히즘, 혹은 그 둘이 섞인 무언가로 치부해 버렸을 것이다.

　나는 수술에 모든 시간을 쏟아부었고, 그 외에는 별다른 관심사가 없었다. 이번 휴가 역시도 내가 그동안 너무 소홀했던 모드와 리사를 위한 것이었다. 이 여행을 계획할 때도 나는 그닥 내키지 않았지만, 다시 피렌체에 오니 좋았다. 이기적으로 생각했더라면 나는 차라리 중증 사고를 당한 아이들의 의족 부착에 관련한 최신 의술 연수에 참가했을 것이다. 테러로 인해 이러한 외과적 기술이 더욱 중요해진 상황이었다. 나는 일주일에 세 번씩 여섯 시간 동안 쉬지 않고 수술했는데, 그건 나만의 퍼포먼스였다. 수술실 안에서 내가 믿을 것이라고는 내 손뿐이었다. 그러니 자기 자신을 베이고, 훼손되고, 폭행당하게끔 내버려두며 자해하는 여자, 위험한 물질을 혈관에 주입하고, 불길 속으로 몸을 던지고, 얼음 덩어리 위에 나체로 누워 있다 동상에 걸려 시체처럼 몸이 경직되기까지 했던 그 여자에게 내가 관심을 가질 만한 이유는 전혀 없었다. 내가 인터넷에서 발견한 것들은 내 상상을 넘어섰다. 마리나 아브라모비치는 내 안의 미지의 영역, 예상치도 못했던 부분을 자극했다. 나는 마치 그녀가 베어 문 양파가 된 것만 같았다. 내가 그동안 모른 채 살아왔던 중요한 무언가를 깨닫기 위한 대가라면 기꺼이 삼켜질 준비가 된 듯했다. 컴퓨터를 껐을 때, 모드는 깊은 잠에 빠져 있었다. 리사의 헤드폰에서는 아바의 「테이크 어 챈스 온 미」가 흘러나왔다.

다음 날 아침, 나는 좀처럼 잠에서 깨지 못했다. 모드는 나를 상냥하게 흔들었다.

"공항으로 가기 전에 유대교 회당에 들르려면 지금 일어나야 해!"

나는 침대에서 일어났다. 몇 분 동안 안경을 쓰지 않고 잠에서 덜 깬 채 멍하게 있었다. 나는 꿈을 꾸지 않았던 것 같았다. 아니면 꾸었더라도 잊어버렸거나. 마리나 아브라모비치도, 내가 지난밤 늦은 시간까지 컴퓨터로 들여다본 그 어떤 영상도 아른거리지 않았다. 회당 입구에는 남녀 군인이 한 명씩 좁은 출입구의 양옆에 마주 서 있었다. 전 세계 어딜 가든 회당 입구에는 늘 군복을 입은 경비들이 있는 법이다. 현관을 지나치며 나는 스트로치 궁전의 나체 퍼포머들을 떠올렸다. 이번에는 성기 대신 차가운 무기에 스치지 않게 조심했다. 나는 이제 마리나 아브라모비치의 시선으로만 세상을 바라보아야 하는 신세가 된 것인가? 만약 그렇다면, 바라본다는 것은 현실을 왜곡하는 다른 이미지로 현실을 해체하는 행위가 아닐까. 나는 차라리 두 눈을 감고 아무것도 보고 싶지도, 알고 싶지도 않았다. 하지만 어떤 힘이 나를 이끌었다. 나는 어떻게 해서라도 마리나 아브라모비치가, 이제는 존재하지 않는 나라에서 온 그 주술사가 알고 있는 숨겨진 진실을 알아내야만 했다. 군인들의 보호 없이는 세상 어디에도 유대교 회당이 남아 있을 수 없었던 것처럼, 그들의 무기 너머에는 나약하고도 취약한, 무방비 상태로 벌거벗은 남자와 여자가 있었다. 녹청색 돔이 멀리서도 보이는 피렌체 유대교 회당은 아름다운 두오모 성당과 산타크로체 성당 맞은편에 자리했다. 유대교 대회당이라고 불리는 이 건물은 뜻밖의 무어 양식으로 파리니 거리를 장식하고 있었고, 순백의 석회암과 장밋빛 대리석으로 만들어진 외벽 앞으로는 거대한 야자수들이 늘어서 동양적인 분위기를 더했다. 우리는 기도실이 있는 연단 앞을 조용히 서둘러 지나갔는데, 기도실에는 각 자리마다 나무판에 고정된 작은 구리 명패 위에 신도들의 이름이 눈에 띄게 적혀 있었다. 회당 한가운데의 바닥 위에는 길을 안내하는 듯 황색과 검은색 대리석으로 된 거대한 별 하나가 있었고, 나는 그 위를 지나던 순간 마리나 아브라모비치의 살갗 위를 걷는 듯한 느낌이 들었다. 높고 가파른 계단을 타고 올라가면 만나는 위층 회랑에는 1882년 회당 설립 이래 유대인 공동체의 역사를 담은 사진들이 있었다. 과거 유대인 게토를 재현한 모형도 있었고, 일곱 개의 촛대가 달린 메노라*와 양피지로 만든 토라 두루마리, 호화스러운 히브리식 예복, 그리고 진귀한 은제 의식용 기물들이 나란히 전시되어 있었다. 안을 다 둘러보았을 즈음, 숨겨져 있다시피 한 작은 방을 발견했다. 그 안에는 나치군이 그곳을 차고로 개조해 사용하다 철수 직전 폭탄을 설치했던 당시의 유대인 박해 역사가 그려져 있었다. 회당은 간발의 차이로 살아남았다. 그리고 유대인 대학의 교장 다비드 레비, 대제사장 야코브 마로니, 건축가 마르코 트레베스같이 건축물의 존재와 관련된 이름들이 보였다. 그리고 그보다 더 오래전 인물들, 시인 살로몬 피오렌티노를 비롯해 레비, 게타, 히르쉬 같은 성을 가진 284명의 이름이 추념비에 새겨져 있었다. 이들은 모두 2차 대전 당시 강제 연행으로 피해를 입은 지역 유대인들이었다.

　회당에서 나올 때는 군인 두 명이 지키고 서 있는 입구를

* 유대교의 상징 중 하나로, 일곱 개의 초를 꽂는 촛대.

거치지 않아도 됐다. 그게 무엇인지는 모르겠지만, 마리나 아브라모비치의 퍼포먼스와 내가 황금빛 유대교 회당 안에서 느낀 것 사이에는 어떤 관계가 존재했다. 논리적으로 설명할 수는 없지만, 본능적인 확신이 들었다. 정확히 말하면, 「리듬 0」에서 봤던 장면들이 떠올랐다. 오브제가 되어버린 그녀의 몸을 마주한 순간. 때로는 친절하다가도 대게 가학적으로 변해버리는 관객들. 별다른 이유도 없이, 심심해서도 아니고 그저 시험 삼아, 어디까지 갈 수 있는지 보기 위해 한 행동들. 나와 가족은 아무 말 없이 인도까지 넓은 그림자를 드리우는 압도적인 구리 돔을 뒤로하고 파리니 거리를 다시 걸었다. 해가 중천에 떠 있었다. 리보이레 카페에 가서 마지막 크림 핫초코를 먹을 시간은 충분했다. 우리는 그렇게 30분을 더 페이스트리와 코코아 향, 부드럽게 불어오는 바람, 그리고 콧수염 하나 없이 깨끗하게 차려입고 늘 미소를 유지하며 "실례합니다", "정말 감사합니다", "안녕히 가세요"라고 말하는 종업원들의 분주한 움직임에 매료되어 관광객다운 시간을 보냈다.

　우리는 베키오 다리 근처에서 정체를 겪으며 공항으로 향했다. 사람들은 겨울치고는 지나치게 온화한 햇살을 받으며 거리를 거닐었다. 택시 기사는 경적을 살짝 울려 넋 놓고 걸

어 다니는 행인을 깨우며 사고도 내지 않고 여기저기 끼어
들었다. 머지않아 정체는 사라졌고 고속도로까지 내리 달렸
다. 비행기를 놓치고 싶던 막연한 희망은 수포로 돌아갔다.
모드는 늘 여유있게 움직였다.

2

이탈리아에서 돌아와서는, 우리가 누구였는지를 기억해야만 했다. 외과의라는 내 직업을 잊고 있었다. 모드는 라탱지구의 그랑제콜 입시반에서 철학을 가르쳤다. 아내는 다시 강의에 몰두했고, 나는 우리를 그렇게 뒤흔든 그 퍼포머를 하루아침에 잊어버린 모드가 당혹스러웠다. 반면 나는 아직도 그녀에게서 헤어 나오지 못한 채 병원 동료나 어린 환자의 어머니에게(여자라면 남자보다 행위 예술을 더 잘 알 것이라고 생각했다) 마리나 아브라모비치에 대해 묻고 다녔다. 나는 그녀가 어떤 사람인지 짧게 설명하고, 조심스레 그녀의 몇몇 퍼포먼스를 언급하기도 했다. 특히 어린아이를 데리고 온 어머니들에게는 더욱 신중하게 이야기했다. 하지만 돌아오는 반응은 늘 같았다. 의문스러워하는, 조금은 의심스러워하는 표정이었다. 공공장소에서 나체를 드러내는, 예술가를 자처하는 이 여자한테 관심을 갖는 이 의사, 대체 뭐지? 불건전하고 추잡한 권유가 담긴 은밀한 메시지일까? 나는 바로 나만의 실험을 그만두었다. 내가 알고자 했던 건 이미 알았으니까. 그 덕에 나 자신의 무지에 대해 조금은 안심할 수 있었다. 그렇다, 주변의 그 누구도 마리나 아브라모비치의 이름이나 퍼포먼스에 관심이 없었다. 한편 나는 더욱 혼란스러워졌다. 그녀를 알게 된 후 나에게 벌어진 일을 생각하면 그럴 수밖에. 나는 특별히 순진한 사람도, 감수성이 떨어지는 사람도 아니었다. 가끔 모드가 공감 능력이 부족하다고 지적하긴 했지만, 트뤼덴 거리에 있는 내 병원에서 재활훈련을 하거나 나에게 수술받은 개구쟁이 환자들에게만큼은 예외였다. 파리로 돌아왔을 때(정확히 말하면 내가 사는 곳은 생라자르 노선이 지나가는 공기 좋은 파리 근교이지만), 나는 버스의 옆면이나 뒷면에서 세르비아 예술가의 주시하는 듯한 얼굴이 보이지 않아 놀랐다. 나는 '드디어 나를 놓아줬네'라고 생각하고 안도의 미소를 지었는데, 이번에는 내가 그녀를 놓지 못하고 있었다. 나는 여기저기서 그녀를 찾았고, 삶의 그 미미한infime 신호들을(직업병이

겠지만, 나는 이 단어를 '불구자infirme'로 잘못 듣곤 한다),
운명의 장난을, 또는 예기치 못한 우연의 일치를 초조하게
기다렸다. 마치 내가 피렌체 유대교 회당 입구의 군인들을
보고 스트로치 궁전에서 서로 시선을 고정한 채 마리나 A와
울라이의 역할을 하던 나체의 두 예술가의 퍼포먼스를(제
목은 '측정할 수 없는 것'이었다) 떠올렸듯. 스스로 인정하
지 않으면서도, 나는 이 퍼포먼스를 처음 마주했을 때 나를
압도했던 그 강렬함을 다시 좇고 있었다. 팔을 몸 옆으로 곧
게 늘어뜨린 채, 서로의 숨결을 나누며, 시선의 힘만으로 버
티며 세상을 비웃던 나체의 남녀. 그들 곁을 낯선 이들이 스
치듯 지나가기도 하고, 더 집요하게 건드리기도 했다. 모든
것이 가능했고, 모든 것이 허락되었지만, 그 어떤 것도 자석
처럼 서로를 끌어당기는 눈빛의 힘을 이기지는 못했다. 마
리나와 울라이가 볼로냐 현대 미술관에서 처음으로 이 퍼포
먼스를 선보였을 당시, 그 자세를 여섯 시간 유지할 계획이
었지만 90분 만에 경찰에 의해 중단되었다고 한다. 나는 문
득 생각했다. 대체 얼마만큼의 사랑을 축적해야 만인이 보
는 앞에서 그들의 사랑을 끝없이 쏟아낼 수 있을까? 그 장면
은 나를 떠나지 않고 끊임없는 질문을 던졌다.

또 다른 이미지, 「리듬 0」의 장면이 뇌리에서 떠나지 않았다. 나는 매일 저녁 인터넷으로 새로운 댓글이나 영상, 혹은 내가 놓쳤거나 아직 그 어디에서도 발견하지 못한 사실을 찾아 헤맸다. 1974년, 당시 스물여덟 살이던 마리나가 진행했던 퍼포먼스의 규칙은 간단하고도 무미건조하게 기술되어 있었다.

"나폴리 모라 스튜디오의 한 방에 예술가가 가만히 서 있다. 책상 위에는 72개 물건이 놓여 있다. 벽보에는 다음과 같은 '지시'가 적혀 있다."

책상 위에 72개 물건이 있다.
당신들은 이 물건들을 이용해 내게 무엇이든 할 수 있다.
나는 오브제이다.
이 시간 동안 일어나는 모든 일의 책임은 나에게 있다.
기간: 여섯 시간(20시~02시)

마리나가 관객들에게 원하는 대로 사용하라고 가져다 둔, 가짓수가 매번 늘어나는 것만 같은 이 물건들은 쾌락의 도구와 파괴의 도구로 나뉘어 있었다. 실제로 72개였던 물건들이 마리나의 후속 인터뷰에서는 76개로 늘어났는데, 정확히 어떤 물건이 추가됐는지, 아니면 그저 착각이었는지는 알 수 없었다. 쾌락의 도구에는 깃털로 된 머플러와 향수, 꽃, 포도, 꿀, 폴라로이드 카메라, 둘 한 잔, 그리고 재킷이 있었다. 한편 파괴의 물건에는 가위와 쇠사슬, 쇠몽둥이, 면도날, 그리고 단 한 발의 총알이 장전된 권총이 있었다. 나는 처음엔 조심스러워했던 관객들이 서서히, 그렇지만 분명하게 난폭해지고 잔혹해지는 그 모습에 빠져들기도 하고, 섬뜩함을 느끼기도 했다. 마리나의 몸을 감싼 재킷과 티셔츠, 그리고 어두운 색의 바지는 결국 완전히 벗겨졌다. 마리나의 가슴팍에 꽃을 꽂거나 한쪽 팔을 들어 달라는 등 포즈를 청하며 사진을 찍는 데 그친 사람들도 있었지만, 그녀에게 키스를 한 사람도, 성기를 만지려던 사람도 있었다. 세 시간이 넘어가자, 상황이 완전히 달라졌다. 쇠사슬에 묶인 채 바닥에 누워 있던 마리나 아브라모비치는 실제로 폭행을 당했다. 남자들은 놓여 있던 가위와 면도날을 들고 그녀의 옷을 찢고, 살을 베고, 칼로 그어진 목에 맺힌 핏방울을 빨아 먹었다. 여자들은 한발 물러서 남편에게 행동을 제안하거나, 눈물을 닦아주기 위해 마리나에게 가까이 다가가기도 했다. 연민 없이 그저 난처한 얼굴로 다리나를 빤히 쳐다보려 접근한 여자들도 있었다. 하지만 마리나는 알고 있었다. 만약 그 여자들이 그 자리에 없었다면, 본능에 지배된 남자들은 결국 자신을 강간했으리라는 것을. 그로부터 몇 년 후 찍은 영상에서 마리나는 말했다. "그들은 내 옷을 찢고, 배에 장미 가시를 박고, 머리에 총을 겨누었어요. 저는 인간 내면의 가장 끔찍한 모습을 마주했죠. 이 작업은 누군가가 허용된 상황에서 얼마나 빠른 시간 내에 타인을 해하기로 마음먹을 수 있는지, 스스로를 보호하지 않는 누군가의 인간성을 말살하는 것이 얼마나 쉬운지 보여줬어요. 그리고 '정상적인' 사람 대다수가 기회만 주어진다면 사람들이 보는 앞에서도 폭력적으로 변할 수 있다는 사실을 확인했죠." 밀라노에서는 어떤 러시안룰렛* 신봉자가 권총을 쏘려 하는 바람에 마리나를 공격하려는 집단과 보호하려는 집단 간의 난투극으로 퍼포먼스가 막을 내리기도 했다. 공연 시작 여섯 시간 후, 얼굴은 눈물로, 가슴은 피로 뒤덮인 반나체의 그녀는 포즈 취하기를 멈추고 인간으로 돌아왔다. 그 누구도 감히 그녀의 눈을 바라보지 못했다. 그 어떤 제재도 받지 않고 규칙도, 한계도 없이 마음대로 다룰 수 있는 오브제에 불과했던 마

---

* 회전식 연발 권총에 총알을 한 발만 넣고 총알의 위치를 알 수 없도록 탄창을 돌린 후 몇 사람이 차례로 자기 머리에 총구를 대고 방아쇠를 당기는, 목숨을 거는 내기.

리나는 관객 한 명 한 명에게 거울을 내밀어 그들이 어디까지 잔혹해지고 비겁해질 수 있는지 보여주었다. 호텔로 돌아온 그녀는 기이한 것을 발견했다. 머리카락 두 가닥이 하얗게 변해 있었다.

나는 지베르 쾬 서점의 웹사이트에서 지금은 미국에 정착한 마리나의 오래된 퍼포먼스 카탈로그 재고가 있다는 사실을 확인하고 생미셸 대로를 향해 걸어가고 있었다. 어떤 생각 하나가 계속해서 맴돌아 머리가 아파왔다. 국가, 국가가 바로 육체였다. 프랑스는 마리나가 퍼포먼스에서 내어준 그 취약한 육체와도 같았다. 만약 사람들이 프랑스를 공격하려 덤벼든다면, 그들에게 맞서 프랑스를 보호하기 위해 들고 일어날 사람은 과연 몇이나 될까?오데옹역의 ― 의과대학 근처에 다시 가보고 싶었다. 그건 젊은 시절로 거슬러 올라가려는 내 안의 파블로프의 개가 보인 조건반사였다 ― 신문 가판대에서 구매한 〈리베라시옹〉의 짧은 기사가 눈길을 끌었다. 그 기사는 피렌체에서 오는 비행기에서 읽었던, 릴 외곽에서 숨진 채 발견된 이주민들에 관한 몇 줄짜리 기사보다 조금 더 많은 지면을 차지했다. 블레싱Blessing이라는 젊은 나이지리아인에 관한 기사였다. 날이 풀리면서 알프스 산맥 로야 협곡의 한 강가에서 눈 더미 속에 묻혀 있던 이 20대 여성의 시신이 발견되었다. 사진은 없었지만, 머릿속에 그려졌다. 구체적으로 말하면, 얼어 있던 백색 석관이 녹아 이 유색 시체가 밖으로 드러난 모습이 떠올랐다. 비록 이 불행에 예술이 들어설 자리는 없었지만, 마리나 아브라모비치라면 이 사건에서 자신이 작업으로 말하고자 하는 바를 포착했을 것이다. 경찰은 근처에서 발견된 가방 덕분에 피해자의 신원을 확인할 수 있었다. 유력한 사망 원인은 동사였지만, 브리앙송 법의학연구소의 몇 시간에 걸친 부검 끝에 짓무른 피부에서 깊게 물린 상흔이 발견됐다. 그러나 기사에는 그렇게 낮은 지대에 늑대가 나타날 가능성은 희박하다고 써 있었다. 암양 사육사들의 야생동물 퇴치 작업에서 살아남은 늑대들이 메르캉투르 언덕에 출몰하곤 하는데, 시체가 발견된 장소는 거기서는 아주 먼 곳이었다. 혼란만이 가득했다. 목이 메고 불쾌한 맛이 느껴졌는데, 영어로 '축복'을 의미하는 블레싱이라 이름 붙은 불행의 맛이었다.

그날 저녁 뉴스에서도 젊은 나이지리아 여성과 물린 자국에 관한 보도가 나왔다. 어린 소녀의 믿을 수 없는 여정을 제외하고는 이미 〈리베라시옹〉에서 읽은 내용들이었다. 그 소녀는 나이지리아 라고스에서 출발해 납치와 강간, 가족에게 몸값을 요구하는 인질극의 위협을 받으며 사막 횡단을 마쳤다. 죽은 것이나 다름없는 몸을 작은 배에 싣고 지중해를 건너 이탈리아 람페두사섬에서 하선한 뒤, 이탈리아 알프스에서 길을 잃고 로야 협곡의 냉혹한 추위에 얼어 죽었다. 고향에서는 얻지 못한 무엇을, 그녀는 이곳에서 찾으려 했던 걸까? 이 열대지방에서 온 종달새는 도대체 어떤 거울을 건네받은 것인가? 얼마나 강력한 힘의 거울이었으면, 가족, 모국, 친구를 다 버리고, 마리나 아브라모비치가 아니라면 그 누구도 엄두 못 낼 목숨 건 퍼포먼스에 뛰어들 수 있던 것인가? 마리나는 이 비극적인 여정을 어떻게 바라보았을까? 블레싱이 자신과 닮았다는 사실을 인지했을까? 웨딩드레스를 입은 채 튀르키예 강간범 손에 죽은 젊은 이탈리아 여성 피파 바카에게서 느꼈던 친밀감을 블레싱에게서도 느꼈을까? 왜 이런 이야기들은 꼭 비극으로 끝난 후에야 우리에게 전달되는 것일까? 나는 내가 모든 것을 마리나 아브라모비치와 연관 짓는 중독 상태에 있다는 사실도 모른 채 이 예술가에게 빠져들었고, 마약과도 같은 느낌을 좇아 인터넷에 접속했다. 그리고 그럴 때마다 모드의 눈을 피해 다니는 지경에 이르렀다. 인터넷에선 매번 새로운 퍼포먼스를,

그리고 다른 예술가나 보디아트 전문가, 혹은 마리나 자신이 작품에 대해 내놓은 새로운 해석을 발견할 수 있었다. 그러다 우연히 슬라브어로 된 사이트에서 마리나가 지휘자를 해골 캐릭터로 바꾸고 그 뒤에 유엔에게 보내는 헌정곡을 부르는 86명의 어린이 합창단을 세워둔 장면을 보게 되었다. 2004년에 진행했던, 냉소적인 제목의 「우리를 믿어: 그리고 지금, 유고슬라비아를 기억하자…」라는 퍼포먼스였다. 마리나는 그 퍼포먼스를 통해 코소보 전쟁에서 참담한 실패를 겪은, 유엔이라는 그 '멍청한 단체'에 대한 깊은 불신을 드러냈다. "그 당시 유엔의 노력이라는 건 전부 헛소리에 불과했다." 이 퍼포먼스는 마리나가 베오그라드의 한 초등학교를 방문했을 때의 경험에서 탄생했다. 그곳에서 그녀는 음악 선생님의 지휘에 맞춰 유엔 찬가를 부르는 어린아이들을 보았다. 그녀는 고백했다. "이 작업은 조국을 향한 나의 희망과 공포에 대한 이야기다. 음악 선생님은 유엔에 경의를 표하기 위해 그 노래를 작곡했고, 나는 그 노래를 사용하기로 결정했다. 그런데 이 작업을 수행하면서, 그 선생님이 그 노래에 정말로 진심을 담았다는 사실을 알았다." 무대에는 합창단이 얌전히 서 있고, 그 아래에는 사람들이 누워 유고슬라비아의 공산주의 오각별 모양을 만들었다. 그리고 그가운데 해골 의상을 입은 마리나가 팔과 다리를 벌린 채 누워 있었다. 나는 그 모습을 보고 한참을 멍하게 있었다. 우리의 노래, 죽음, 폭력에 대항하는 시위, 샤를리 에브도 총격 테러* 이후 수백만 명이 모여 나시옹 광장을 향해 걷던 공화당 행진, 투쟁, 토론. 이 모든 것들은 무엇을 바꾸었는가? 나는 60년 가까이 잠들어 있었다. 마리나 아브라모비치가 나를 깨웠다.

늑대-쥐 이야기가 계속 마음에 걸렸다. 비록 리사가 놀라울 정도로 정확하게 핵심을 짚어 주긴 했지만, 가능하다면 마리나의 입으로 이 이야기의 정확한 설명을 듣고 싶었다. 나는 며칠 밤을 연속해서 영어 사이트를 찾아 헤맸지만, 헛수고였다. 하지만 끈질긴 노력 끝에, 결국 보답을 받았다. 스트로치 궁전에서 조금밖에 이해하지 못했던 마리나의 영상을 직역해 놓은 자료를 발견한 것이었다. 그녀의 문장을 읽자니 목소리가 들리는 것 같았다. 낮고 부드러운 목소리는 이제 아내의 목소리만큼이나 익숙했다. 그런데 그날 저녁, 영상이 멈춰버렸다. 갑자기 마리나 아브라모비치는 불길한

---

* 2015년 파리에서 이슬람 극단주의 무장 괴한들이 풍자 주간지 〈샤를리 에브도〉 편집국을 공격해 12명이 사망한 테러 사건.

표정으로 무언가를 멍하니 응시하며, 말을 다 끝내지 못한 채 삐뚤어진 입을 하고 멈췄다. 영상을 다시 재생하려 했지만 실패했다. 화면 귀퉁이에 있는 작은 푸른색 원 안의 점이 계속해서 돌아갔는데, 인터넷 연결을 재시도한다는 신호였다. 하지만 계속 그 상태가 지속되었고, 나는 체념했다. 늦은 시각이었다. 모드는 침대의 자기 자리 옆에 소설책을 펼쳐두고 한참 전부터 자고 있었다. 나는 잠을 설쳤다. 이유는 모르겠지만 피곤한 채 잠에서 깼다. 토요일 아침이었고 모드는 나를 깨우지 않았다. 나는 정신이 딴 데 가 있는 듯 몽롱하고 멍했다.

커피를 두 잔째 마시던 중 자는 내내 나를 괴롭히던 장면들이 문득 다시 떠올랐다. 잊어버리는 편이 나았다. 나는 파리 북부, 난민들과 이민자들이 모여 살던 포르트드라샤펠의 한 주차장에서 산처럼 쌓인 해골 더미 아래쪽에 앉아 찬바람을 맞고 있었다. 아프리카에서 건너와 파리 북부에서 죽음을 맞이한 이주민들의 해골이었다. 나는 몰려든 사람들에게 "보이는가, 우리와 같은 하얀색이다"라고 외치며 뼈를 하나하나 닦았다. 비눗물이 든 양동이를 앞에 두고, 해골 하나를 씻을 때마다 물을 갈았다. 나는「발칸 바로크」에서 마리나가 보인 행동을 재현하며 검은 피부와 검게 그을린 살갗의 흔적(일부는 불에 타 있었다)이 사라질 때까지 대퇴골과 척추뼈를 갈아 다듬었다. 나는 그저 마리나의 어설픈 대리인에 불과했는데, 단 한 가지 다른 것이 있었다. 해골들은 닦으면 닦을수록 더 깨끗해졌고, 더 눈부시게 빛났으며, 더 하얘졌다. 군중들은 그 모습을 보러 달려왔는데, 눈부신 백색을 견딜 수 없었던 그들은 적대적인 모습을 보이며 웅성거렸다. 그런데 솔과 스펀지로 뼈가 잘 닦이면 닦일수록, 나는 더욱 검게 변했다. 결국 나는 수단, 에리트레아, 말리의 흑인이 되었고, 사람들은 나를 금방이라도 센강에 던질 듯 위협적으로 쳐다보았다. 내가 누구인지 설명하며 이름을 말했지만 나에게 다가오는 그들의 눈과 입 밖으로 드러난 지나치게 큰 덧니에서는 광기가 비쳤다. 소름 끼치는 그들의 입에서 나오는 '검둥이'라는 단어는 증오로 가득했다. 늑대들, 늑대-쥐들이 파리로 들어온 것이었다. 그리고 그 순간, 소스라치게 놀라며 꿈에서 깼다. 하지만 현실로 돌아가는 것이 더 위험해 보였기에 라디오는 켜지 않았다.

마리나 아브라모비치가 나에게 말을 걸어왔다. 퍼포먼스 중에는 한마디도 내뱉지 않던 그녀가 나에게 무언가를 전하려 하는 것 같았다. 하지만 그녀는 지난밤 화면 속에서처럼 돌처럼 굳어 아무 말도 하지 않았다. 어쩌면 몸소 나서야 하는 것은 나였는지도 모른다. 위험을 감수하고서라도 스스로를 취약한 상태로 내맡기고, 타인을 신뢰해야만 하는 것은 다름 아닌 나 아니었을까. 나는 마리나의 세계 속으로 깊이 잠겨들었지만, 오히려 그것이 나를 떠오르게 했다. 마치 내가 1974년 당시의 영상에서 보았던 것처럼, 그러니까 마리나가 휘발유로 적셔놓은 오각별 가운데 누워 의식을 잃고 타 죽을 위기에 처했을 때 관객 두 명이 그녀를 불길에서 구출했던 것처럼 말이다. 그들은 살아 있는 예술 작품을 완성하기 위해 반드시 필요한 존재였다.

3

우리에게 무슨 일이 일어난 것인가? 라디오에서는 전문가들이 만족스러운 투로 세상이 이렇게 좋았던 적이 없다고, 이토록 잘살고, 폭력이 줄고, 치안이 좋고, 의학 기술이 발달하고, 기근은 없다시피 하고, 빈곤율이 낮은 시기는 없었다고, 트랜스휴머니즘*의 마법 덕에 평균 수명이 곧 150세에 달하리라고 끊임없이 떠들어댔다. 두 눈을 뜨기만 해도 집 근처와 빵집 앞의 현금자동입출금기(모두에게 자동으로 인출되는 것은 아니지만)에 기다 누운, 건물 현관 앞에서 추위에 떠는, 지하철 입구에서 진정제 역할을 하는 술을 들고

* 과학기술로써 인간의 정신적, 신체적 능력을 향상할 수 있다는 개념.

돌아다니는 걸인의 수만 보더라도 그 말들이 사실이 아님을 확인할 수 있었기에, 나는 귀를 닫았다. 통계적으로 모든 게 나아졌다면, 그 통계는 정제되고 거짓된 것이다. 우리는 모두 사기극에 놀아나는 피해자들이었다. 더 이상 '우리'라는 개념은 존재하지 않았다. 디지털화된 개인주의가 부활했고, 폐쇄적 네트워크와 버블 속에 갇힌 사람들은 타인에 대한 증오로 연결된 가짜 공동체를 만들어냈다.

이는 곧 시대성이 되었다. 어떤 정보를 찾지 않아도, 정보가 우리를 따라다닌다. 휴대폰, 뉴스와 속보가 끝없이 쏟아져 나오는 식당의 무음 화면, 기차역의 전광판, 혹은 마치 파킨슨병 환자의 떨림처럼 끝도 없이 전 세계를 흔들어대는 소식들을 주워 먹는 옆자리 승객의 어깨 너머에서도. 이러한 정보의 범람을 피하기 위한 나의 가소로운 전략은 아침에 집을 나서는 순간 여지없이 수포로 돌아가고 만다. 배수로에서 흘러나오는 구정물처럼 정보가 여기저기서 흘러나오며, 나만의 울타리는 매번 무너지고, 나는 모든 것을, 알고 싶지 않았던 것들마저도 알게 된다.

류머티즘 내과 전문의인 동료와 쥐시외역의 단골 식당에

서 점심을 먹던 도중, 위에 달린 화면에서 나오는 뉴스를 보았다. 휠체어를 탄 늙은 여성이 흉기에 찔려 치명상을 입고 가해자가 여성을 발코니 난간에서 던져 5층 높이에서 추락해 사망한 사건이었다. 나는 씹다가 말고, 오늘의 생선 요리가 식도록 내버려둔 채(치커리 위에 올린 북대서양 대구 요리였는데, 나는 치커리를 싫어한다) 담요 아래 피 흘리는 시체와 파리의 익숙한 건물, 심각하게 말하는 검사(잘 들리지는 않았지만, 내용은 충분히 짐작됐다), 그리고 충격에 빠진 피해자 이웃들의 모습에 시선을 고정했다. 그로부터 며칠 후 유사한 또 다른 비극이 나를 또 붙잡았는데, 이번에는 지하철의 옆 좌석 여자가 보던 7인치 갤럭시노트에서 나온 뉴스였다. 늙은 여성 유대교 신도가 아파트에서 흉기에 여러 차례 찔린 뒤 산 채로 태워진 채 발견되었으며, 강도의 소행이고, 공범이 있는 것으로 추정되었다. 화재를 목격한 같은 층 주민은 검은 복면 사이로 살기 어린 눈빛을 한 괴한이 엄청나게 큰 소리로 "신은 위대하다"라고 아랍어로 외치며 계단을 급하게 뛰어 내려가는 모습을 보았다고 증언했다. 피해 여성은 벨로드롬 디베르 대규모 검거*에서는 살아남았지만, 두 타락한 자들의 살인적 광기는 피하지 못했다. 우리는 여전히 파리에 있었고, 오늘은 어제의 가장 무시무시한 그림자들을 다시 불러냈다. 정치권은 신중하게도 이 범죄들을 반유대주의로 규정하길 주저했다.

* 1942년 7월 16~17일, 프랑스 비시 정부 경찰이 나치의 요구에 따라 약 1만 3000명의 파리 유대인을 대규모로 체포해 벨로드롬 디베르(겨울 실내 자전거 경기장)에 감금한 사건. 이후 대부분 아우슈비츠 등 강제수용소로 이송돼 학살되었다.

4

피렌체에서 돌아온 지 거의 2년이 지났다. 삶은 정상 궤도
로 돌아왔다. 나의 마리나 A에 대한 집착은 사라졌고, 아내
는 큰 안도감을 느꼈다. (그리고 나는 마음속으로 끝을 늘어
뜨리는 마리나아Marinaa대신, 한층 강력한 마리나 A를 선택
했다. 시작을 알리는 대문자 A에서 위엄이 느껴진다.) 나는
한차례 불길에 휩싸였고, 그 불길이 지나간 자리에는 짧고
도 강렬한 기억의 잿더미만 남았다. 그리고 그 기억은 마리
나의 눈빛, 그리고 목을 매다는 밧줄처럼 굵게 땋은 그녀의
머리카락만큼이나 어두웠다. 내가 지난 몇십 년간 존재조
차 몰랐던 그 예술가는 그 누구보다 강하게 내 마음속 깊은
곳을 울렸다. 이유는 알 수 없었다. 그리고 그 마법은 사라

졌다. 나는 평화를 되찾았다. 모드와의 묘한 평화가 찾아왔다. 침묵이나 끝맺지 못한 말들로 이루어진, 혹은 서로를 너무 잘 이해하게 될지도 모른다는 두려움에 그 누구도 서로를 이해하려고 애쓰지 않는, 서로에게 완전히 녹아들지 않으면서도 그저 섞여 있는 순간들이었다. 이번 겨울 휴가는 산으로 떠날 계획이었다. 후보지는 라플라뉴 혹은 샤모니였다. 삶은 이렇게 단순한 선택들의 연속이었다. 지구온난화는 심해졌다. 삶이 위험해졌지만, 우리는 그 사실을 외면했다. 미국과 북한의 스트레인지러브 박사*들이 핵무기로 서로를 협박할 때조차 두려움을 느끼지 않았다. 이는 실수였다. 두려웠다면 우리는 경각심을 잃지 않았을 것이다. 행복을 바라기 위해서는 어느 정도 근심할 필요가 있었다.

잡지에 실린 사진 하나에 관심이 갔다. 설명도 적혀 있지 않은 작은 사진이었다. 어린 환자의 어머니가 진료 대기실에 그 페이지를 펼쳐두고 가지 않았더라면 못 보고 지나쳤을 것이다. 작은 것 하나가 내 호기심을 자극했다. 석양빛이 물든 남성과 여성을 찍은 사진이었는데, 그 빛은 어디에서

---

* 스탠리 큐브릭의 영화 「닥터 스트레인지러브」에 나오는 천재 과학자.

오는지 알 수 없을 정도로 초자연적이었다. 둘은 서로 가까우면서도 동시에 멀었다. 나는 다시 마리나를 만났다. 아니, 나를 다시 찾아온 건 마리나였다. 그녀는 빨간 발레 드레스를 입고 연극 무대처럼 생긴 계단 아래 있었다. 그리고 맨팔을 뻗어 타원형을 만들었다. 계단 위에서는 하얀 옷을 입은 남자가 마리나를 기다리고 있는 듯했다. 둘은 만나기 직전이었지만, 사진 속 마리나와 울라이는 그 자리에, 서로 거리를 둔 채 움직이지 않고 멈춰 있었다. 사진의 크기가 아주 작았는데도 나는 그들의 실루엣을 알아봤다. 울라이는 마리나보다 팔을 더 크게 벌리고 있었다. 아름답고 신비로웠으며, 평소보다 가벼운 분위기였다. 제목을 「봄날의 판타지」나 「한여름 밤의 코미디」로 지어도 됐을 법했다. 집에 도착하자마자 저녁 식사를 기다리지 않고 컴퓨터 앞으로 가서 키보드를 두드렸다. 모드가 저녁 준비가 다 되었다고 두 번이나 나를 불렀지만, 듣지 못했다. 아니 들었어도, 우선 알아내야만 했다. 나는 머지않아 찾던 것을 발견했는데, 내 눈앞에 펼쳐진 것은 나를 또다시 혼란에 빠뜨렸다. 내 앞에는 아무리 노력해도 빠진 한 조각을 찾을 수 없는 엄청난 퍼즐이 놓여 있었다. 마리나 A가 내가 가는 길에 나타날 때마다, 나는 마치 가까스로 재난을 모면하듯 진실을 코앞에 두고 놓치는 것만 같았다. 작품은 등장인물의 움직임이 하나하나 끊어지는 긴 슬로모션 속 단속적인 장면들처럼 여러 사진들로 구성되어 있었다. 어떤 사진에서는 마리나가 움직이는 것처럼 보였지만, 마리나의 그림자는 분명 울라이에게 다가가면서도, 끝내 닿지 못했다. 이 사진을 보며 나는 한참을 멈춰 있었다. 무엇이 불가능했던 것일까? 어떤 보이지 않는 장애물이 둘 사이를 가로막은 것인가? 마리나는 한 번 더 나에게 말을 걸어왔지만 나는 아무것도 듣지 못했다. 식사 준비가 다 됐다고 벌써 세 번째로 외치는 모드의 화난 목소리조차도. 나는 큰 소리로 "금방 가!"라고 답했지만「세계영혼」이라는 제목의 그 작품에 대한 설명을 읽느라 자리에서 일어나지 않았다.

사진 옆 영어 설명에는 이렇게 적혀 있었다. "「세계영혼」은 두 개의 정지된 순간으로 구성되어 있다. 방콕 야외에서 두 가지 '행위'가 이루어졌고, 이는 수직 부감으로 촬영되었다. (나는 당장 방콕으로 떠나 그 빛을 온몸으로 쐬고 싶다고 생각했다.) 첫 번째 사진에서 울라이는 계단 위쪽에 있고, 마리나는 계단 아래에서 거리를 두고 그를 응시한다. 그들은 제자리에서 움직이지 않고 팔을 뻗는다. 자세를 유지

한 그들은 서로에게 다가갈 수 없다. 그 둘은 함께 양팔로 원을 만드는데, 세계영혼을 품으려는 듯 보인다. 그동안, 마리나의 그림자는 계단을 타고 올라가지만 끝내 울라이에게는 도달하지 못한다."

거기서 끝나지 않았다. 두 번째 연작 사진에서 마리나와 울라이는 마침내 만난다. 그러나 너무 늦었다. 작품 설명은 이러했다. "이 마지막 장면에서 둘은 서로 만난다. 계단 아래쪽에 있는 아브라모비치의 빨간 드레스는 이제 그녀 주위로 둥글게 퍼져 있다. 하얀 옷을 입은 울라이는 마리나의 무릎 위에 가만히 누워 있다. 필연적으로 피에타를 연상시키는 자세와 색 조합이다. 아브라모비치는 자연과 세계영혼의 여성 상징인 성모마리아이고, 아들을 무릎 위에 눕혀 두고 있으며, 아들은 그녀를 바라본다. 「세계영혼」은 마리나와 울라이가 함께한 두 번째 퍼포먼스 시리즈에 속하는데, 이 시리즈는 여기서 보여준 남녀 관계와 같이 보편적인 주제들에 초점을 맞춘다. 이 작품은 정지된 퍼포먼스다. 그 어떤 장면에서도 그들은 움직이지 않으며, 이로써 관조적이면서도 극적인 사진이 탄생한다."

서로 두 팔을 뻗은 울라이와 마리나에서 의식 없는 울라이의 육체를 두 팔로 받친 마리나가 되기까지, 이 두 장면 사이에 어떤 일이 벌어진 것인가? 방금 막 울라이의 사망 소식을 접한 나에겐 이 질문이 더욱 강렬하게 다가왔다. 마리나의 페이스북 페이지에서 울라이가 최근 슬로베니아 류블랴나의 자택에서 모두에게, 어쩌면 마리나에게조차 잊힌 채 74세의 나이에 암으로 세상을 떠났다는 글을 읽었다. 모드가 참다못해 말했다. "그냥 우리끼리 먹을게, 식겠어." 그 순간 모드의 "식겠어"라는 말은 내가 찾아낸, 1983년 방콕의 어느 저녁, 찰나의 석양에서 포착한 사진에 담긴 삶의 아이러니처럼 복잡했다. 마리나는 담담한 문구를 남겼다. "세상을 바꾸길 염원하며 나와 함께 전 세계를 누빈 나의 동반자 울라이가 2020년 3월 2일, 오늘 아침 생을 마감했다." 또 다른 사이트에서 이 사진들에 대한 정보를 찾았고, 나는 그 사진들을 손에 넣고 싶다는 생각을 멈출 수가 없었다. 서로에게 팔을 뻗고 있는 사진 하나. 마리나가 피에타처럼 울라이를 안고 우는 또 다른 사진 하나. 이는 우리의 필연적 죽음에 대한 예언이 아니었을까? 그 사이트에는 간결한 작품 소개가 있었다.

「세계영혼」(방콕)

- 마리나 아브라모비치, 울라이
- 2 × (180 × 120 cm)
- 1983년
- 안트베르펜 현대 미술관 컬렉션

나에겐 이 거대한 크기의 작품이 필요했다. 불가능하지
만, 하다못해 직접 보러라도 가고 싶었다.

마침내 부엌에 들어가자 모드가 만들어둔 생선 요리가
나를 기다리고 있었다. 모드는 음식이 식지 않게 테라코타
접시로 덮어두었고, 아직 온기가 남아 있는 음식에서는 타
임 향이 풍겼다. 덮개 접시 가장자리에는 김이 잔뜩 서려 있
었다. 내 안경에도 김이 서렸는데, 굳이 닦지 않았다. 저절
로 사라졌다. 잠시 앞이 희미해 성가셨지만, 그냥 두었다.
모드는 거실에 앉아 나는 한 번도 본 적이 없는, 멕 라이언
이 나오는 제인 캠피언 감독의 영화「인 더 컷」을 보고 있었
다.「해리가 샐리를 만났을 때」에 나오는 멕 라이언과는 다
른 모습이었다. 그녀는 한 형사와 거칠게 몸을 섞다가 뉴욕
지하철에 걸린 위대한 시인들의 시구절을 속삭였다. 모드는

영화에 푹 빠져 있었다. 나는 아내에게 조만간 주말에 안트베르펜에 가고 싶다고 말했지만, 이번에는 아내가 듣지 않았다.

방콕에서 촬영된 첫 번째 사진의 제목이 머릿속에서 떠나지 않았다. 마리나는 그 사진에 '불가능한 접근'이라는 제목을 붙였다.

5

그렇게 나와 마리나의 관계가 다시 시작됐다. 피렌체에서
부터 그녀의 무언의 퍼포먼스가 내 안에서 일깨운 것이 무
엇인지 곧 이해할 것만 같았다. 어떤 조짐 같은 것이 느껴졌
다. 그런데 무엇에 대한 조짐인가? 그 후 며칠 동안, 나는 인
터넷에 돌아다니는 울라이의 부고 기사를 전부 읽었다. 그
들의 결말은 좋지 않다. 만리장성에서 최후의 포옹을 한
뒤 헤어졌기 때문이 아니다. 그들이 처음 그 프로젝트를 구
상했을 당시, 둘의 사랑은 절정에 달했었고, 중국 당국의 승
인을 받기까지는 8년이 걸렸다. 그리고 그 사이, 둘의 열정
은 식어버렸다. 둘은 각자의 길을 갔고, 나는 둘 중 누가 그
들의 꿈과 여행, 사랑, 게다가 함께 키우던 강아지 알바와

의 추억이 가득한, 채소 바구니를 빼닮은 그 오래된 밴을 간직했을지 궁금했다. 그들은 야위고 가난했지만, 주머니 속엔 언제나 꿈을 가득 품고 있었다. 유럽의 어느 주유소를 가야 샤워를 할 수 있는지 훤히 꿰고 있던 그들은 그 낡은 차에서 생활하며 보헤미안의 삶을 살았다. 월세도, 전기 요금도 내지 않았다. 그저 사랑과 깨끗한 물줄기만으로 이뤄낸 자유였다. 틀림없이 그 낡은 차량은 우리가 2년 전에 스트로치 궁전 입구에서 봤던 것이었다. 그 둘이 완전히 이별한 이후, 마리나의 별은 보디아트의 하늘 위로 끝없이 떠올랐고 울라이의 별은 빛을 잃었다. 둘의 아름다운 이야기는 울라이가 자신을 언급하지도, 자신에게 주어야 할 보수도 치르지 않으며 공동 작업을 이용하는 마리나에게 거액을 요구하면서 얼룩졌다. 그렇지만 울라이가 죽기 전, 여러 영상에서 마리나와 울라이가 재회하는 모습이 나왔고, 그 모습이 자아내던 다정함은 그 둘이 다시 동반자적 관계가 되었음을 보여주었다. 올라온 새 게시물에서 마리나는 이렇게 덧붙였다. "그는 뛰어난 예술가이자 인간이었다. 나는 그를 깊이 그리워할 것이다. 그리고 그의 예술과 유산은 영원히 남을 것이다." SNS상에서 울라이의 팬이라 주장하는 한 집단은 더욱 강한 어조로 그의 삶을 기렸다. "울라이는 개척자이자 운동

가였고, 멘토이자, 도전하고, 빛을 좇고, 삶을 사랑하는 전사였다. 고통을 두려워하지 않고, 한계를 뛰어넘는 훌륭한 사상가였다." 그리고 마리나는 목걸이에서 진주알 하나를 떼내 간직하듯, 여기서 '전사'라는 단어를 가져와 스스로를 그렇게 불렀다.

독일인 퍼포머 울라이의 생애를 다룬 글들은 그가 'S'he'라는 제목으로 발표한, 얼굴을 반으로 나누어 한쪽은 남자, 한쪽은 여자의 모습을 한 폴라로이드 사진 작업을 통해 시대를 앞서 성별의 경계를 얼마나 허물었는지 설명했다. 여성과 남성의 신체 부위를 남성의 배, 여성의 가슴, 남성의 어깨와 같이 번갈아 붙여 완성한 르네 상스Renais sense*라는 암시적인 제목의 몽타주 작품도 있었다. 마리나 A를 만나기 이전의 울라이의 작품을 단편적으로나마 접하면서, 울라이가 자신의 몸을 극단적으로 사용해 세상의 질서를 움직이고 한계를 넘어서길 원했던 반항적인 예술가 마리나에게 얼마나 많은 것을 가져다주었는지 실감했다. 그는 인습 타파주의 사진가로서 활동을 시작한 초창기부터, 국민 정체성

* 프랑스어 'Renaissance(르네상스, 부흥)'와 영어 'Sense(감각, 의미)'를 결합한 말장난. '새로운 감각(의미)의 탄생'이라고 이해할 수 있다.

의 틀을 깨부수는 작업을 선보였다. 1976년, 울라이는 베를린 신국립미술관에서 카를 슈피츠베크의 「가난한 시인」이라는 작품을 절도해 독일 매체의 헤드라인을 장식했다. 그 낭만주의 작품은 독일 민중의 삶을 상징하는 대표작이었다. 그림 속 시인은 비참하게, 추위에 떨며 영감조차 떠오르지 않는 상태로 방 안에 혼자 틀어박혀 있다. 그리고 빛이 거의 들어오지 않는 창문 너머로는 눈 덮인 지붕밖에 보이지 않는다. 이 그림은 히틀러가 좋아한 작품이기도 했다. 그래서였을까, 울라이는 그 그림을 팔 밑에 끼고 나온 뒤 빈곤 속에 살아가는 튀르키예 이민자 가족의 거실에 걸어두었다. 1943년 독일 졸링겐에서 태어난 그는 독일인이 저지른 잘못에 대한 죄책감을 짊어지고 있었다. 울라이는 자신의 행동에 '손상: 예술에 범죄의 손길이 닿았다'라는 제목을 붙였다. 이는 당시 일부 독일 청년들의 분노를 표현한 것이었다. 마리나는 그 상징적인 절도 행위를 촬영했고, 그들의 결합은 이 위반 행위를 토대로 굳어졌다. 그러나 서로의 눈을 바라보기만 해도 알 수 있었다. 숯처럼 짙은 마리나의 눈빛 속에서, 맑고 푸른 울라이의 눈 속에서, 말하지 않아도 드러나는 것을. 이제 그들은 더 이상 타인의 작품을 공격하지 않을 것이며, 오히려 자신들의 몸과 삶 자체를 가장 극단적인 방식으로 무대 위에 올리려 한다는 것을. 서로 통한 마음은 12년간 지속됐고, 마리나와 울라이는 암스테르담에 본거지를 두고 유럽 전역을 누볐다. 그리고 그 둘은 전시의 기존 개념을 타파하기에 이르렀다. 이내 전시라는 단어의 의미도 바뀌었다. 울라이의 말처럼, 둘은 그들 자신을 '의식과 감각을 갖춘 유일한 예술품'으로서 전시하는 동시에, 위험 속에 내맡겼다. 그리고 이 위험으로의, 그리고 작품으로서의 이중적 자기 노출은 이내 하나가 되었다. 마치 결합된 두 존재가 하나가 된 것처럼.

질문 하나가 떠올랐는데, 답을 찾을 겨를은 없었다. 어쩌면 대답할 용기가 없었는지도 모른다. 나는 살면서 단 한 번이라도 스스로를 내맡긴 적이 있는가. 물론 내가 예술 작품은 될 수 없겠지만, 위험이나 두려움, 혹은 사실은 피하고 싶었던 약속 앞에 책임감 있는 존재로서 나 자신을 내맡긴 적이 있는가. 내면의 목소리는 말했다. '너는 때로는 강인했으며, 때로는 나약했고, 대체적으로 비겁했어.' 듣고 싶지 않았다. 나는 내가 돈을 받고 하는 아이들 치료 외에, 인생에서 잘한 일이 무엇인지 생각했다.

나는 2년 전 마리나의 삶에 빠졌을 때와 같은 광기로 울라이에 관한 모든 글을 읽었다. 그저 고루하게 합리만을 따지는 나의 사고로는 절대 도달할 수 없는 중요한 신호를 어딘가에서 발견하리라는 확신이 있었다. 카운트다운이 시작된 것만 같아 괴로운 마음에 무엇을 파헤쳐야 하는지도 모르는 채, 늦기 전에 우리 삶의 미스터리를 밝혀내야 한다는 의무감에 시달렸다. 마리나 아브라모비치의 퍼포먼스 하나하나가 마치 하나의 판결문처럼 내 안에 울려 퍼졌고, 나는 그 의미를 찾기 위해 의식 속 저 깊은 곳을 헤맸다. 울라이를 통해 마리나의 세계로 다시 들어가며, 나는 또 한번의 호기심과 흥분을 느꼈다.

그러다 나는 두 가지 작품의 결정적인 순간을 너무 빠르게 지나쳐 버린 것만 같은 기분이 들었다. 하나는 마리나의 단독 작업, 또 하나는 그 희한한 듀오의 공동 작업이었다. 첫번째 작품의 제목은「리듬 10」이었는데, 이를 언급하는 것만으로도 고통스럽다. 당시 마리나는 도전적인 불장난을 서슴지 않았고, 이 작품에서 사용한 불은 여러 개의 칼날이었다. 1970년대 초반 고국에서 진행된 이 퍼포먼스는 여론을 들끓게 하고 공산당 당국을 충격에 빠뜨렸다. 큰 흰색 종이로 덮인 나무 바닥에 무릎을 꿇고 왼손을 땅에 댄 채, 마리나는 앞에 놓인 열 개의 칼 중 하나를 무작위로 집어 들고 미친 속도로, 벌린 손가락 사이사이를 찔렀다. 당연히 손이 베였고, 피가 났다. 그런 다음 그녀는 들었던 칼을 놓고, 다른 칼을 집어 들어 또다시 광란의 속도로 같은 행동을 반복했다. 날의 크기가 엄청나게 큰 열 번째 칼까지 다 사용한 그녀의 손은 갈기갈기 찢겨 있었다. 이 장면을 담은 흑백 영상 속 단호하고 가차 없는 그녀의 행동 — 더욱 가차 없이 뜯어져 나간 것은 그녀의 살점이었지만 — 이 눈에 띄었다. 힘이 넘치면서도 상대적으로 부정확한 움직임이 계속되었고, 사람들은 규칙적으로 울리는 무미건조하고 둔탁한 칼날 소리와 함께 점점 늘어나는 열상을 속수무책으로 바라볼 뿐이었다. 한 평론가는 마리나 아브라모비치가 "나무와 부딪히는 칼날 소리가 강박적으로 멈출 때마다 고조되는 정신분열적 긴장 안에서, 가해자이자 동시에 피해자인 인간상을 표현한 것"이라 평했다. 마리나는 자신이 느낀 것을 단도직입적으로 표현했다. 그녀는 점점 더 빠른 속도로 칼을 내리꽂고, 스스로에게 점점 더 많은 상처를 입히는 동안 몸 안에서 강렬한 전류가 흐르는 것을 느꼈다(흰 종이는 점점 더 어둡게 물들어 갔다). 무엇보다 그녀는 전시실을 가득 채운 공포 속에서 그녀와 결속되어 퍼포먼스를 쥐 죽은 듯 조용히 지켜보는 관객과 하나 된 느낌을 받았다. 그들의 얼굴에는 공포가 서려 있었지만, 그 누구도 움직이지 않고 이 고통스러운 장면을 지켜봤다. 이게 그날 그 장소에서 일어난 일이다. 어디에서도 찾아볼 수 없는, 그 시간 그 장소에서만 볼 수 있었던, 그곳에 있던 모두의 마음속에 새겨질 인간 본성에 대한 유일무이한 실험이었다. 마리나는 그게 바로 자신이 "늘, 언제나, 항상 찾아다니던 감각"이었다고 말했다. 각 존재가 공동의 운명을 묘사하는 공포감으로 하나가 되는 것. 그 순간, 마리나 아브라모비치는 자신의 존재를 인식했다. 칼들은 소품이 아니었고, 피도 케첩이 아니었다. 그녀는 확신에 차 거듭 말했다. "위험에 온 신경을 집중하는 것은 바로 스스로를 현재의 중심에 두는 것이다." 내가 인터넷에서 긁어모은 마리나의 작업에 대한 공식 논평들은 마리나의 이러한 접근법을 조명했다. 한 사이트에는 이렇게 쓰여 있었다. "마리나의 작업은 때로는 너무 위험해 관객이 개입하거나 그녀가 의식을 잃어야만 끝난다." 나는 그녀가 죽을 뻔한 모습이 나오는 영상은 본 적 없었다. 예컨대 얼음덩어리에 신체 일부를 얼리거나 관객 앞에서 독성 물질을 흡입하는 것 같은 그녀의 과감한 시도가 자극하는 관음증적 유혹에 저항하고 있었다.

무심코 넘겼다가 울라이의 사망 소식을 듣고 나서야 번뜩 떠오른 또 하나의 퍼포먼스가 있다. 피렌체 전시의 낡은 스크린에서 처음 봤을 때만 해도 그 의미를 파악하지 못했었다. 나는 서로의 머리카락을 절대 떼어지지 않게 엮은 채, 하나가 되어 등을 맞대고 앉은 두 사람을 빠르게 지나쳤었다. 나는 그들을 이어주던 두툼한 땋은 머리를 가위질도 크게 하지 않고 어떻게 풀 수 있었는지 단지 궁금해했을 뿐이었다. 탯줄이 아니라면 말이다. 마리나와 울라이는 그렇게 서로에게 묶이고 얽매인 채 열아홉 시간을 움직이지 않고 있었다. 배경은 1977년이었다. 작품 제목은 '시간 속 관계'였는데, 나는 처음에 그 퍼포먼스가 시간의 흐름에 의미를 두는 줄도 모르고 시간 속을 의미하는 영어 표현 'in time'을 친밀하다는 뜻의 프랑스어 'intime'로 읽었다. 나는 마리나와 울라이가 초창기에 보였던 서로를 향한 애착과 방콕에서 촬영된, 서로에게 거리를 두고 서 있던 사진 사이의 연관성을 찾고 싶었다. 그리고 이 모든 것은, '연인들'이라는 제목의 다큐멘터리로 기록된 만리장성에서의 여정이 그들의 영원한 이별을 예고하기 전의 일이었다. 한편 둘은 뉴욕 현대미술관에서 열린 「예술가는 여기 있다」 퍼포먼스에서 뜻밖의 재회를 했다. 마지막으로 함께한 장면이었지만, 둘은 분리되어 있었다. 차갑고 텅 빈 테이블을 두고 마주 앉은 두 사람 사이에는 지나간 세월과 식어버린 사랑, 끝나버린 이야기, 그리고 그 둘을 갈라놓은 불가피한 간극이 자리하고 있었다.

6

저녁이나 잠들기 전, 나는 종종 피렌체 여행을 회상했다. 두 번 다시는 그때와 같이 걱정 없고 화목한 순간을 경험하지 못할 것만 같았다. 돌아올 일 없는 과거의 것이었다. 이러한 상실감은 나를 압박했다. 우리는 평범하지 않은, 지나가 버린 삶의 마지막 순간을 평범하게 흘려보냈다. 아무도 우리에게 이 사실을 일러주지 않았다. 엉뚱하고 터무니없는 모습으로 난해한 퍼포먼스를 펼치는 마리나 A가 아니었더라면, 그 누구도 우리를 수수께끼같이 알 수 없는 길로 안내하지 않았을 것이다. 누군가는 생명공학이 영생을 가능케 할 것이라고 말하지만, 보이지 않는 위험 앞에서 인간의 육신은 나약했고, 마치 생명의 실에 매달린 가벼운 잎사귀와 같이 언제든 떨어질 수 있었다.

이름은 기억나지 않지만, 누군가가 말한 적이 있다. 삶은 꿈일 뿐, 우리를 꿈에서 깨우는 것은 죽음이라고. 나는 아내와 딸 없이 피렌체로 돌아가는 꿈을 꾸는 지경에 이르렀다. 그때와 똑같은 여행을 반복했는데, 다른 것이라곤 내가 혼자라는 사실뿐이었다. 나는 혼자 구시가지 거리나 눈부신 아르노강 가, 숨이 찰 정도로 가파른 보볼리 정원 앞길, 우피치 미술관, 혹은 두오모 성당 앞을 거닐었다. 두오모 성당 앞에서는 기이한 장면이 펼쳐지고 있었다. 작은 천막 아래서 신부들이 몇 안 되는 신도들의 고해성사를 들어주고 있었는데, 신도들은 모두 마스크를 쓴 채 자동차 운전석에 앉아 있었다. 안전거리를 유지한 채, 마치 죄를 거래하듯 한쪽이 다른 한쪽을 죄로부터 해방시켰다. 내 심장은 비정상적으로 뛰었다. 나는 광장을 뛰어 가로질렀다. 가족들과 수도 없이 걸었던 시뇨리아 광장을 지나, 녹초가 된 몸으로 주저앉았던 가죽 소파가 있는 카페 리보이레까지 내리 달렸다. 그리고 곧 죽어가는 미친 사람처럼 베키오 다리로 향하는 텅 빈 도로를, 무덤이 있는 메디치 궁전 안을 배회했다. 동시에 웃음소리, 플래시 소리, 물줄기 소리가 도시를 가득 채우던 지난날의 감각을 찾아 헤맸다. 아무도 없는 성당들의 문을 열며 모드와 리사를 불렀지만, 대답이 없었다. 나는 스탕달이 일명 '피렌체 증후군'이라 불렀다던 현상을 경험했다. 머리가 빙글 도는 듯한 격렬한 눈부심, 공포와 황홀의 뒤섞임, 은총과 어둠의 조우, 차마 직시할 수 없는 아름다움이 예술을 통해 가하는 고통이 나를 쓰러뜨렸다. 꿈속에서는, 깨어났을 때 손가락 사이로 흘러내린 금빛 모래처럼 몇 조각만 남아 있던 그 꿈속에서는, 나는 마리나와 단둘이었다. 나는 거리의 모퉁이에서, 텅 빈 진열창의 반사 속에서, 신부의 흰 드레스 자락이나 피로 얼룩진 붉은 옷자락 속에서 그녀를 언뜻 보곤 했다. 그리고 때로는 한 줄기 빛 속을 미끄러지듯 스쳐 지나가는 그녀의 덧없는 그림자만을 보았다.

이 어렴풋한 광경들은 서서히 질산은 용액과 만난 사진 현상액처럼 작용하기 시작했다. 피렌체에서 마주한 마리나의 형상들이 내 안에서 깨어나 점점 더 선명해졌다. 나의 막연한 예감은 이제 그 형태가 분명해 상처 난 손을 뻗기만 하면 만질 수 있을 것 같았다. 칼날로 스스로를 베는 마리나를 바라보는 겁에 질린 관중들의 표정이 눈앞에 다시 나타났다. 그러던 어느 날 잠을 설치고 일어난 아침, 확실하게 깨달았다. 뉴욕 현대 미술관에 찾아온 수많은 관객과 마리나 사이의, 그리고 울라이와 마리나 사이의 거리 두기는 다름 아닌 오늘날의 제1 방역 수칙, '사회적 거리 두기'에 대한 예고였던 것이다.

병원에서는 코로나 상황이 나아질 때까지 수술을 연기했다. 일과성 고관절활액막염을 앓는 어린 남자아이의 긴급 수술을 마치고(고인 삼출액을 뽑아내지 않았으면 다리를 평생 절어야 했을지도 모른다) 나는 무기한 강제 휴진에 들어갔다. 필요하다면 언제든 호출될 수 있었다. 우리는 그렇게 이미 팬데믹으로 바뀌어버린 에피데믹 시기에 돌입했고, 대문자 P로 시작하는 몇몇 단어들이 마리나 아브라모비치의 대문자 A에 대항했다. 축제용이 아닌 의료용 마스크 뒤로 우리 얼굴은 사라졌고, 한 달 전만 해도 엉뚱하게 느껴졌을, 퍼포먼스에나 나올 것 같은 위생 수칙(1미터 거리 유지, 팔꿈치에 재채기, 손 씻기 생활화, 언제 어디서든 얼굴 반 이상 가리기)들을 보며, 나는 마리나 아브라모비치의 작품들을 떠올렸다. 단순한 기억이라기보다는 경고와 같았다. 특히 텔레비전에서 거대한 소독 스프레이로 이탈리아 거리를 소독하는 모습을 볼 때면 더욱 그랬다. 과거를, 지난날의 전쟁으로 인한 시체 더미를 청소하고, 상처를 내면서까지 제 육체를 정화하기 위해 닦아내는 더 클리너 마리나. 청결과 순수(비록 나는 아직 이 개념을 의심하고 있지만), 그리고 육체의 위생으로 오인된 생명의 위생을 향한 그녀의 부르짖음. 재화와 용역의 세계화된 교역으로 탄생한 바이러스가 이제는 세계 각지의 국경을 걸어 잠갔다. 과연 그것들이 우리를 지켜줄 수 있을지에 대한 확신도 없이, 육지와 상공의 국경을 모두 닫았다. 특히 개인들 사이에 경계가, 차단막이 세워졌다. 이제 누가 감히 1970년대의 과거 전시회에서 나체로 문 앞에 선 마리나와 울라이 사이를 지나가겠는가? 몇 주 만에, 우리의 몸은 절대 닿아서는 안 될 최후의 것, 피부와 살로 이루어진 장벽이 되었다. 타인을 보호하기 위해서는 그들과 떨어져 있어야만 했다. 언택트 문명은 인간들을 각자 고립된 섬에 가두었고, 개인은 타인을 불신하며 자신 안에 갇혔다. 나는 삶과 죽음 사이의 경계, 우리들의 나약함과 저항력, 그리고 잠재적 회복력을 드러내 보인 마리나의 셀 수 없이 많은 극단적인 실험들을 떠올렸다.

내 눈앞에 나폴리의 스튜디오 안에 놓여 있던 「리듬 0」의 72개 혹은 76개 물건 중 몇 가지, 손도끼와 메스, 주사기, 채

찍, 마리나의 관자놀이를 겨누었던 장전된 총, 꽃, 깃털이 그려졌다. 마리나는 작은 목소리로 속삭였다. "원하는 대로 나에게 사용하세요." 피투성이의 뼈 더미 위에 앉아 살점을 뜯어내며 자장가를 흥얼거리는, 그녀 위로 기어다니며 두개골을 옥죄는 다섯 마리 뱀에게 몸을 내맡기는, 배 위에 면도날로 폭력이 깃든 별을 새기는 마리나가 떠올랐다. 1975년의 퍼포먼스「토마스의 입술」소개문에는 이렇게 적혀 있다. "육체는 개인적 박탈의 마지막 경계이다. 여기서 육체는 역설적이게도 글쓰기, 즉 예술에 그 기원이 있는 궁극적 기록의 장이 된다. 이러한 급진적 몸짓들은 엄격한 절제 속에서도 강렬한 극적 지렛대 효과를 일으키며, 언어의 한계를 뚜렷하게 시험할 뿐 아니라 폭력을 바라보는 우리의 수동적 시선이 지닌 책임까지도 드러낸다."

어떻게 내가 이를 읽게 되었는지는 모르겠지만(아마 내가 마리나를 검색하는 것을 아는 알고리즘이나 로봇 스파이의 소행일 것이다) 영국 왕립예술원의 뉴스레터에서 마리나의 소식을 접했다. 그녀가 손가락에 흐르는 전기장을 이용해 원격으로 촛불을 끄기 위해 보안 장치가 달린 기계로 스스로를 '충전'하려 한다는 내용이었다. 웹 잡지「아트 인

더 시티」에 올라온 '충격: 예술에 대한 사랑으로 감전사할 처지에 놓인 마리나 아브라모비치'라는 제목의 글은 우리가 오늘날 '보디아트의 할머니'라고 부르는 이 70대 예술가가 보여줄 '불꽃놀이'에 대해 자세히 설명했다. 마리나의 도전을 돕기로 한 애덤 로는 "제대로 충전만 된다면, 손가락에서 흘러나온 전류로 1미터 거리의 촛불을 끌 수 있다"라고 말했다. 켜진 촛불의 사진을 보자 피렌체의 중앙시장에서 나를 붙잡았던, 내가 처음으로 마주했던 기묘한 사진이 떠올랐다. 사진 속 마리나는 사제와 같은 모습으로 고통스러워하는 기색도 없이 촛불 위에 손가락을 올려두고 있었다. 1미터 거리라면, 생명 또한 꺼뜨릴 수 있는 것일까?

거의 전 세계가 그러했듯 며칠 전부터 격리에 돌입한 우리 가족은 식사 때만 만났다. 나머지 시간에는 거리를 유지하려고 애썼다. 안전보다는 정신 건강을 위해, 서로에게 자신의 무게를 지우지 않기 위함이었다. 우리는 봄기운이 완연한 아름다운 정원으로 둘러싸인 주택에 살았지만, 되도록이면 서로 마주치지 않으려고 했다. 동네 산책을 할 땐 이웃들의 집을 울타리 너머로 힐끗힐끗 쳐다보면서도, 멀리 사람의 형체가 보이면 일부러 돌아가거나 대놓고 건너편 인도로 옮겨 갔다. 얼마 전까지도 노골적인 무례나 대인 기피증으로 여겨졌을 법한 행동들이 이젠 당국의 명령이 되어버린 것이다. 접촉하기만 해도, 스치기만 해도 공격이나 경솔, 심하면 무책임으로도 간주될 수 있는 시기였다. 우리는 이렇게 시대적 불행이 만든 숨막히는 각박함 속에서 살아갔다. 어느 날 동네 길거리에서 내가 다가오는 것을 본 노부부가 등을 돌리고 고개를 숙였는데, 내가 지나갈 때 숨을 참는 것은 아닌가 하는 생각마저 들었다. 예의란 온데간데없이 사라졌고(인간성도 함께 사라진 듯하다. 그 결과는 훗날 알게 되겠지만) 안전이 그 자리를 차지했다. 그런데 이게 정말 우리에게 득이 되는 것인가? 오히려 불신이 우리 생존의 뇌* 가장 깊은 곳에 영원히 뿌리박는 것은 아닐까?

이러한 상황을 겪으며, 나는 마리나 A가 인터뷰에서 이야기했던, 네 살 무렵의 인상 깊은 기억을 떠올렸다. 어린 마리나는 할머니와 함께 숲속의 오솔길을 걷던 중, 뱀을 발견했다. 할머니는 소리를 질렀다. 한편 그때까지 한 번도 뱀을 본 적이 없었던 마리나는 태연했다. 할머니의 두려움, 그리

---

* 다른 말로 파충류의 뇌reptilian brain. 인간 뇌의 가장 원초적이고 본능적인 층위를 가리키는 은유적 표현.

고 그 감정의 위력이 마리나를 사로잡았다. 이후 마리나는 미지의 것에 맞설, 두려움을 일으키는 것을 향해 나아갈 필요성을 느끼게 되었다.

나는 리사가 하루의 상당 부분을 소리가 나지 않는 헤드폰을 쓰고 지낸다는 사실을 알아차렸다. 리사는 정적을 들으며, 사회적 거리에 추가적인 거리를 더했다. '사회적 거리'는 영어 '소셜 디스턴싱social distancing'을 어설프게 직역한 말이었다. 그 표현은 우리 사회를 좀먹는 불평등을 노골적으로 비추려는 것만 같았다. 거리라는 것은 공간적인 개념인데, 왜 굳이 '사회적'이라는 의미를 부여해 필연적으로, 그리고 무의식적으로 인간 사회의 계층적 구조를 심화시킬 수밖에 없는 단어를 만드는 것인가? 매일같이 휴대폰에는 언택트라는 이 신흥 종교를 방중하는 전 세계의 사진들이 올라왔다. 언택트란 원래 신용카드 소액 결제에서, 단말기에 카드를 직접 대지 않고 결제하는 방식을 가리키던 표현이었다. 싱가포르의 한 교실 사진에서는 초등학생들이 가로로 막대가 튀어나온 거대한 색색의 모자를 쓰고 평범하게 앉아 있었다. 마치 각자의 생존 반경을 표시하는 듯했는데, 가까이 다가갔다가는 눈이라도 찔릴 판이었다. 한편 막 영업을 재개한 중국 우한의 한 식당 사진에는 부부와 두 아이로 이루어진 가족이 앉아 있었는데, 각자 사이사이에는 팬더 인형이 앉아 있는 의자가 하나씩 놓여 있었다. 사람 반, 팬더 반. 그렇게 균형이 유지되었다. 이 모습을 보고 나는 또다시 2미터 간격을 두고 마주 앉아 서로에게 집중하던 마리나와 울라이의 사진(2010년 뉴욕 현대 미술관에서 재회하기 한참 전, 1970년대에 그들이 유럽에서 수행한 퍼포먼스 중의 사진)을 떠올렸고, 잿빛 미래를 암시하는 그 어떤 치명적 유행병도 존재하지 않았던 당시에 대체 그들이 어떤 직감으로 서로 거리를 둔 채 깊이 소통하고, 사랑하고, 눈빛의 힘에만 의존해 서로를 이해하는 방법을 단련하게 됐는지 궁금해졌다. 사진 속 둘의 굳은 얼굴은 마치 마스크를 쓴 것만 같았고, 생명의 불꽃은 오직 그들의 눈 속에서만 타오르고 있었다.

어느 날 아침, 소포가 배달되었고 모드는 환호성을 지르며 택배 기사를 반겼다. 나이를 정확히 가늠하기는 어려웠지만, 30대로 보이는 아프리카계 남성이 모드가 살짝 열어둔 대문 사이로 택배 상자를 집어넣으려고 하자 모드가 달려나가며 말했다.

"제 거예요!"

모드는 급히 상자를 열더니 의기양양한 몸짓으로 리사의 것보다 고급형인 헤드폰을 꺼냈다.

"자, 말해봐!" 아내가 갑자기 다급하게 말했다.

"무슨 말을 해주길 원해?"

"몰라, 생각나는 대로."

"딱히 떠오르는 말이 없는데."

아내는 어깨를 으쓱하고는 목소리를 높였다. "그냥 계속 말해봐!"

"무슨 말을 해야 할지 생각하고 있어, 들려?"

모드는 웃음을 터뜨렸다. 헤드폰에서는 록 음악이 요란하게 흘러나왔다. 아내는 자신의 목소리가 들리지 않는다고 생각했는지 크게 소리쳤다.

"말도 안 돼!"

"뭐가 말이 안 돼?"

"당신 입술이 움직이는 건 보이는데 아무 소리도 안 들려."

"정상이야, 볼륨을 최대로 높였잖아."

"뭐라고?" 모드가 헤드폰을 내려 목에 걸었다.

"진짜로 말하던 거 맞아? 아니면 그냥 입만 뻥긋한 거야?"

"당연히 말했지. 왜 대답하는 척만 하겠어."

아내는 잠시 반신반의하는 표정을 짓더니 아주 행복해

했다.

　"이 헤드폰 완전 대박이야! 0에서 10단계까지 노이즈 캔슬링을 조절할 수 있어. 10으로 하면 밖에서 나는 소리가 아예 안 들리고, 5로 하면 작게 들리고, 0으로 하면 음악이랑 같이 은은하게 들려!"

　그날, 나는 모드가 세상과의(그리고 나와의) 거리를 한층 더 멀리 두기 위한 차단용 물건을 구비했다는 생각이 들었다. 우리 가족의 아침 식사가 어떤 모습일지 상상해 보았다. 깊은 고요 속에 잠긴 리사, 레너드 코언이나 데이비드 보위의 마지막 음반 속으로 푹 빠진 모드, 그리고 라디오 뉴스를 듣는 나. 그때 한 가지 생각이 스쳤다. 「리듬 0」 퍼포먼스 당시 이런 헤드폰이 있었다면, 마리나는 이 물건을 쾌락의 도구 사이에 놓았을까, 고문의 도구 사이에 놓았을까?

7

보이지 않는 위험이 우리를 우리 안에, 불편한 자기 고립 속에 가두는 동안(이틀 중 하루는 내가 쓸모없는 인간이라는 생각에 불쾌한 기분으로 눈을 떴다) 나는 안간힘을 다해 이 유해한 자아 성찰을 외면했다. 오랫동안 만나지 못한 사람들을 떠올렸고, 어떻게 지내는지, 아직 살아 있는지, 과연 그들이 내 전화를 반길지 생각했다. 신문을 읽을 때는 부고, 일기예보, 그리고 하늘 상태만을 확인했다. 서로 다른 운명들이 바이러스에 의해 부고란이라는 종이 수의 속에 함께 모여 있는 모습에 마음이 끌렸다. 아조레스고기압의 강한 영향으로 계절 평균보다 기온이 높은, 무궁히 푸른 하늘 아래 구름 한 점 없이 햇살이 가득한 어느 봄날에 죽음을 맞이

한, 제대로 장례를 치르지도 못한 사람들. 화창한 날씨와 함께 기억될 이 대량 학살.

　그렇게 나는 모험가이자 사진가였던 피터 비어드의 사망 소식을 접했다. 사진 속 40대(나는 격리에 관해 이야기하는 것이 아니라, 당시 그의 나이, 40대를 말한 것이다.* 중의적인 단어가 활개를 치는 시기였다) 시절 그의 눈빛은 마치 자석처럼 강렬했다. 그의 맑은 눈빛보다 먼저 눈이 간 것은 사망 경위였다. "3주간, 정확히는 19일간의 수색 끝에 숲속에서 시신을 발견했다. 치매를 앓던 미국인 피터 비어드는 향년 82세로, 뉴욕 근처 롱아일랜드의 몬타우크에 있는 자택 인근에서 사망했다." 라디오와 텔레비전에서 연일 자택에 머물라는 경고가 쏟아지던 시기에, 나는 아프리카 코끼리들과 삶을 나눠온 이 모험가가 왜 가족과 동료들의 곁을 떠났는지 도저히 이해할 수 없었다. 케냐 사바나의 응공 산기슭, 친구 캐런 블릭센의 집 근처에서 농장을 일구며 평생 야생동물의 편에 섰던 그는, 뿔 때문에 도살당한 코뿔소들, 그리고 살인적인 열대의 햇볕에 말라붙은 채 뼈만 남은 코끼

---

* 프랑스어 quarantaine에는 격리, 40대라는 두 가지 의미가 있다.

리들을 사진에 담아왔다. 그런 그가 어떤 광기에 휘말렸던 것일까. 나는 급히 1965년도에 출간된 그의 대표작 『디 엔드 오브 더 게임—하나의 세계의 종말』을 주문했다. 얼룩말 가죽이 드넓게 펼쳐져 있는 들판처럼 아름다움과 폭력이 공존하는 사진들부터 그의 수기 메모, 아프리카 야생의 위대한 역사와 뒤섞인 개인적인 추억, 뼛조각과 피, 담배꽁초로 이루어진 콜라주까지 한데 담긴 책이었다. 보는 이를 강타하는 듯한 그의 사진들은 앤디 워홀마저 사로잡았다. 몇몇 판본은 놀라운 가격에 거래되었는데, 최고가는 2000달러에 달했다. 활기찬 생명이 담긴 페이지를 넘기다 보면, 오로지 인간에게 책임이 있는, 견딜 수 없을 만큼 끔찍한 동물 사체 더미가 나오는 그 어디에서도 찾아볼 수 없는 사진집이었다. 나는 서로 뒤엉켜 있는 코끼리와 코뿔소, 물소, 임팔라의 뼈를 한참 바라보았다. 그 사진은 마리나가 가축의 뼈를 헛되이 닦아내던 「발칸 바로크」, 그리고 나이 든 마리나가 발가벗고 해골을 껴안던 「나체와 해골」의 변주곡과 같았다. 노쇠한 나이의 그녀를 담은 「나체와 해골」에는 이제 죽은 자들에게 보내는 산 자의 위로가 아닌, 선정적 과시는 더더욱 아닌, 자신에게 다가올 운명에 대한 은유만 남아 있었다. 음주와 강렬한 감각을 가까이했던 피터 비어드는 아브라모비치처럼 완벽한 통찰력의 소유자였고, 그 둘은 말이 아닌 각자의 언어로 다가올 세상을 예고했다. 비어드는 숭고하거나 끔찍한 사진으로, 마리나는 자유롭거나 고통받는 육체로. 세상의 종말이라는 비보. 불가피하고 예견된 몰락. 인간의 탐욕, 돈벌이의 야욕, 그리고 짐승보다 더 짐승같은 야만성에 의해 학살당한 동물들. 아마도 둘은 같은 것을 각자의 방식으로 표현한 것 같다. 한 미국 잡지에 실린 사진 속 피터 비어드는 윗옷을 벗은 채 엎드려 차분히 글씨를 쓰고 있었다. 언뜻 보면 강가에서 찍힌 진부한 사진 같았지만, 몸의 절반이 아마 죽어 있을 것으로 예상되는 거대한 악어의 크게 벌린 입 안에 들어가 있었다. 이 섬뜩한 연출에 홀린 나는 인간과 짐승이 하나가 된 것만 같은, 악어 인간이라는 이상한 광경에 이끌려 눈을 뗄 수가 없었다. 악어가 남자를 삼키는 건지, 아니면 독을 삼키지 않기 위해 토해내는 건지. 마리나도 이런 종류의 퍼포먼스를 했다. 살아 있는 전갈을 얼굴 위에 올려두고 검은 머리카락을 구부러진 집게발처럼 붙여놓은 기괴한 변장을 하기도 했고, 미끄럽게 꿈틀거리는 뱀을 머리에 헬멧처럼 뒤집어쓴 채, 뱀이 목을 감아오는데도 미동 없이 가만히 있기도 했다.

비어드의 죽음으로 돌아와서, 격리 중이던 나는 대자연을 자유롭게 배회하는 그를 상상했다. 비록 롱아일랜드의 시골을 전혀 모르는 나로서는 롱아일랜드 끝단에 있는 서픽 카운티 해안가보다는 케냐 공원의 코끼리 공동묘지에 가까운, 현실과는 동떨어진 인상주의풍 이미지밖에 떠올리지 못했지만 말이다. 마리나 A가 몇 년 전부터 맨해튼의 자택에서 혼자 산다는 내용을 읽으면서, 피터의 전시나 마리나의 퍼포먼스를 계기로 둘이 서로 알고 지냈을 수도 있겠다는 생각을 했다. 컨디션이 좋지 않았다. 그런데 사실 어쩌면 이게 나에겐 가장 건강한 상태인지도 모른다는 생각이 들었다. 그리고 그날 저녁, 라디오 속보를 듣고 마음이 조금 놓였다. 오랜 수사 끝에, 파리 검찰은 마침내 두 해 전 칼에 찔려 구타당하고 살해된 노파의 사건에 반유대주의적 성격이 있었다고 인정했다. 가해자들은 범행 뒤 우버를 타고 도주해 술집에서 그 일에 축배를 들었던 자들이었다. 모드는 내가 동요하는 것을 보았다. 그러나 헤드폰을 쓰고 있어 내 목소리까지는 듣지 못했다.

이 소식이 전염병의 창궐로 인한 죽음들을 없던 일로 만든 것은 아니지만, 이러한 공식적인 인정은 두말할 것 없이 지난 몇 주간의 최고 희소식이었다. 슬픈 사실이지만 우리는 결국 익숙해졌다. 매일 저녁 8시 정각, 의료진을 향해 박수를 보낸 뒤 창문을 닫고, 거리와 발코니에서 만난 이웃과 짧은 안부 인사를 나누고 나면, 모든 것이 일상처럼 흘러갔다. 증언에 따르면, 처음에는 단순한 중국발 독감으로 보였던 병으로 인한 질식은 끔찍한 익사와도 비슷했다. 급성 호흡곤란의 비참한 장면을 목격한 간호사들은 눈물 젖은 목소리로 환자들이 경련까지 일으키며 끔찍하게 죽어갔다고 말했다. 그들이 하는 말을 직접 들어야만 단순한 방역 수칙을 지키지 않는 것이 얼마나 위험한지 실감할 수 있었다. 나는 북미나 브라질의 불길한 지도자들, 그리고 현대판 상퀼로트*의 우둔함이 한층 더 기승을 부린다고 생각했다. 그 새로운 급진주의자들은 벽 위나 SNS 곳곳, 가는 곳마다 우리 정부, 나아가 목을 내민 모든 엘리트들에게 예고된 살벌한 단두대 낙서를 남기고 다녔다. 그리고 그 단두대 그림에는 섬뜩한 해시태그가 따라붙었는데, 프랑스어에서 '해시태그'라는 말은 '도끼hache'나 단두대의 칼날을 뜻하는 단어와 절묘하게 맞아떨어졌다.

* 프랑스 혁명 당시 귀족들이 입던 무릎바지culotte를 입지 않은 민중을 뜻하는 말로, 급진적 혁명 대중을 가리킨다.

저녁이면, 나는 이런 장면들을 씻어내고 기억력을 단련하기 위해 종종 시를 낭송했다. 파블로 네루다의「모두의 노래」와 폴 클로델의 시 몇 구절이 나를 달랬다. 클로델은 이렇게 경고하지 않았던가. "쉿! 우리가 소리를 내면, 시간은 다시 흘러갈 것이다." 나는 시간이 영원히 멈추기를 바라고 있었다.

8

케이블 채널에서 소피아 코폴라의 영화가 방송된 그날 밤, 나는 악몽을 꾸었다. 영화에는 로스앤젤레스의 샤토마몽 호텔에 틀어박혀 지독한 공허에 허덕이는, 매번 바뀌는 애인들과 소원한 관계의 딸 사이에서 어쩔 줄 몰라 하는 유명 할리우드 배우가 나왔다. 그는 딸이 피겨스케이팅을 좋아한다는 사실조차 모른 채 살아갔다. 영화 속에서 그는 촬영을 위해 특수 효과 전문 업체를 찾아갔는데, 기술자들은 그의 얼굴과 두개골을 포함한 머리 전체에 역겨운 시멘트 같은 것을 붓고, 숨을 쉴 수 있도록 코 부분에 두 개의 구멍만을 남겨두었다. 그는 그 자세로 움직이지 않고 40분 동안 가만히 있어야 했는데, 얼굴 전체를 덮는 그 마스크를 보는 것만으로도 숨이 막힐 지경이었다. 영화의 제목은 '섬웨어', 즉 '어딘가에'였는데, 그 어딘가는 느닷없이 내 삶이 되어 버린 것만 같았다. 로스앤젤레스의 선셋 대로 위가 아닌 교외에 있는 그저 평범한 나의 집에서, 나는 어쩐 일인지 그 끔찍한 마스크를 쓰고 있었다. 나조차도 볼 수 없게끔 나 자신을 지워버리는 이 마스크는 얇은 두 줄기의 호흡만을 허락했다.

또다시 나는 마리나와 울라이가 서로의 입을 꼭 붙이고, 둘 중 한 명이 못 버틸 때까지 서로의 폐에서 나오는 공기만을 흡입하던 「들숨, 날숨」 속의 키스를 어쩌면 실제보다 더 고통스러운 모습으로 회상했다. 아니, 내가 겪고 있었는지도 모른다. 스트로치 궁전의 스크린 속에서 이 퍼포먼스 영상을 보았을 때, 한 가지 사실이 나를 충격에 빠뜨렸다. 확실하게 상대방이 내쉬는 탁한 공기만을 흡입하기 위해서, 마리나와 울라이는 콧구멍을 담배 필터로 막기까지 했던 것이다. 악몽이 된 꿈 속에서, 나는 마리나를 만났다. 그녀는 웃으며 다가와 구원의 키스도 없이 내 두 콧구멍을 필터로 막았다. 전염병으로 인해 우리는 숨 쉬는 방법을 다시 배워야만 했다. 바이러스는 흉부와 기관지, 그리고 아주 작지만 공기를 저장하는 데 필수적인 폐포에까지 침입하며, 우리가 지구의 숨통을 조이던 것처럼 우리를 옥죄었다. 그리고 많은 우둔한 이들은 이 단순한 은유를 아무런 분별 없이 받아들였다.

주어진 시간이 끝나자, 영화 속의 특수 효과 기술자들은 배우에게 씌웠던 촬영용 마스크의 딱딱한 껍질을 부수고 마스크를 벗겨주었다. 배우는 엄청난 충격을 받았다. 40분 만에 40년이 지나버린 듯, 화면 속에선 한 노인이 모습을 드러냈다. 내가 꾼 악몽 속에서, 나는 헤드폰과 마스크를 쓴 모드와 리사와 함께 동네를 걸었다. 나는 마스크만 쓰고 있었는데, 몇 안 되던 행인들은 나만 쳐다보았다. 아무도 서로 말을 나누지 않았고, 포옹은 더더욱 찾아볼 수 없었다. 사실 포옹이란, 입을 맞춘다는 터무니없는 생각에 앞서 그저 서로를 끌어안는 행위인데도 말이다. 마스크가 내 얼굴에 달라붙었다. 마스크는 내 볼부터 광대뼈, 이마 위쪽, 눈썹까지 내 얼굴을 완전히 점령했고, 나는 그 수축된 공간 안에서 겨우 눈만 움직일 수 있었다. 집으로 돌아오자마자, 나는 화장실 벽에 머리를 부딪혔다. 거울을 보니 젊음을, 자신에게 남아 있던 모든 것을 빼앗긴 한 낯선 남자가 나를 쳐다보고 있었다. 마스크 아래의 나는 이미 늙어 있었다. 나는 바이러스가 점지한 먹잇감이었다. 마비 상태에서 깨어났을 때, 나를 진정시킨 것은 바로 마리나와 울라이가 키스하던 기억이었다. 끝없는 키스 끝에 살아남을 수 있었던 것은 서로를 맹목적으로 신뢰했음을 의미했다. 호흡을 직접적으로 주고받으며 그들의 공생 관계는 더욱 공고해졌다. 과연 그들은 얼마나 오랫동안 서로의 호흡을 주고받았는가? 입술을 단단히 맞대고, 상체를 꼿꼿이 세운 채 무릎 꿇고 서로를 마주 보며, 숨을 들이마실 때마다 신음하는 그들은 마치 코트 끝에서 힘겹게 공을 받아내는 테니스 선수들 같았다. 베오그라드 학생문화센터에서 진행됐던 둘의 퍼포먼스는 19분간 지속됐다. 그리고 몇 달 후 암스테르담 시립미술관에서 같은 퍼포먼스를 했다. 작품 설명에 따르면, 퍼포먼스는 "상호적 생명 유지의 상징으로서의 호흡, 그리고 개인의 타인에 대한 의존"을 다뤘다. 그러나 전염병 사태가 최고조에 달했을 때 우리가 매일같이 듣던 메시지는 그 반대였다. 포옹 금지. 타인이란 경계해야 할 위험의 또 다른 이름이자, 우리를 질식시키는 존재였다.

9

시간은 살바도르 달리의 시계처럼 녹아내렸고, 우리를 흐물흐물 형체 없는 허무에 빠뜨렸다. 나는 늘 쓰던 다이어리를 사무실 한구석에 처박아 놓기까지 했다. 텅 빈 다이어리는 내 일상에 특별한 일이 일어나지 않는다는 것을 증명했다. 이 무정형의 시간 속에서도 몇 줄 기록할 만한 사건은 발생했다. 어느 날 늦은 오전, 우편함으로 걸어가던 나는 갑자기 중심을 잃었다. 세상과 단절되는 듯한 이상한 느낌이었다. 그 순간 1970년 봄(이러한 느낌은 기억에 오래 남는 법이다) 부모님과 대서양 근처 어느 마을에 살았던 어린 시절, 가벼운 지진이 났던 때가 떠올랐다. 정원으로 달려가던 나는 갑작스러운 진동에 바닥으로 넘어졌었다. 그러나 이번에는 땅이 흔들리지 않았다. 내가 발을 헛디딘 것이었다. 머리가 팽팽 돌기 시작했고, 갑자기 온몸에서 힘이 빠졌다. 모드는 달려와 나를 일으켰다. 당장이라도 토할 것 같았다. 멈춰달라고 비명을 지르며 애원하게 만드는 축제 기간의 회전 놀이기구를 탄 것처럼, 엄청난 속도로 주위가 돌기 시작했다. 어디가 위인지 아래인지 오른쪽인지 왼쪽인지도 구분할 수 없었다. 다리에도 힘이 풀렸다. 나는 내가 더는 서 있을 수 없다는 현실을 직시해야만 했다. 현장에 출동한 구조대원들이 나를 응급실로 데려갔고, 차분한 목소리의 젊은 동료 의사는 심장마비나 뇌졸중과 같은 심각한 상황은 아니라고 진단한 후 심한 회전성 어지럼증과 수직 감각 이상을 동반한 전정신경염에 대해 설명했다. 나는 눈을 부릅떴다. 귀 내부 신경에 바이러스가 침투하는 바람에 감각에 혼란이 생긴 것이었다. 누워서 고통을 꾹 참는 것 말고는 달리 할 수 있는 게 없었기에 걱정은 의미가 없었다. 며칠 후에는 모든 것이 정상으로 돌아갈 터였다. 의사는 진정제를 투여해 주었고 나는 겉으로는 어느 정도 안정을 되찾을 수 있었다. 죽음과 너무나도 닮아 있는 내 자세는 나를 우울하게 했다. 나는 애써 일어서려 했지만 바로 포기했다. 거실에서 부엌까지 가기 위해서는 한 차례 쉬었다가 가야 했다. 마치 삶이 내 걸음 수만큼 제한된 것처럼 느껴졌다. 가벼운 떨림까지 동반되면서 불안은 커져만 갔다. 나는 응급수술을 담당할 수 있는 외과의 명단에서 제외되었다. 수술할 권리를 박탈당한다고 해도 더 큰 타격을 입지는 않았을 것이다. 그 당시 나는 아무것도 아니었다.

그 후 일주일 동안, 마치 전 세계와 내 몸, 내 인생까지 모든 것들이 거꾸로 돌아가는 것 같았다. 관계도, 방향감각도 상실했다. 나는 영화를 보거나 노트북을 사용하기도 어려웠다. 무언가를 읽으면 메스꺼움이 느껴졌다. 목에 쿠션을 받치고 침대나 거실 소파에 누워 정적을 느끼는 것밖에는 할 수 있는 게 없었다. 모드는 조심스럽게 헤드폰을 내 귀에 갖다 댔다. 그 순간 나는 질식할 것 같은 공황 상태에 빠졌고, 모드는 급히 헤드폰을 치웠다. 나는 눈을 감고 라디오를 들었다. 좋지도 나쁘지도 않은 두서없고 무의미한 뉴스가 이어졌다. 라디오에서는 배우들의 건강을 보호하기 위한 미국의 포르노 업계의 선례를 모범으로 내세웠다. 한 전문가는 향후 촬영 현장에서의 안전 보장을 위해서는 포르노 업계의 관행을 본보기로 삼아야 할 수도 있다고 설명했다. 또 아마존이 작업 속도가 지연되지 않도록 직원들에게 직장 내 화장실 사용을 금지했다는 소문이 돌았다. 대소변을 참거나

기저귀를 착용할 것을 권고했다는 주장이었다. 아마존은 기저귀까지 강요하지는 않았지만, 대신 직원들에게 플라스틱 병에 소변을 보게 했다. 미국의 양계업계에서는 노동자들이 화장실에 가는 시간을 줄이기 위해 기저귀를 차는 일이 종종 있었다. 전 세계가 현기증을 앓고 있었다.

그만 듣고 싶어져서 라디오를 껐다. 몇 주 전 집 앞에 있는 수양버들로 이사 와 비둘기 한 쌍과 함께 사는 어치가 지저귀고 있었다. 나는 어지러운 중에도 관심 있게 들었던 한 이야기를 떠올렸다. 집에 갇혀 지내기 시작하면서, 사람들이 퍼즐에 열광하게 되었다는 소식이었다. 문학 작품 속 장면이나, 역사적 인물, 시골 풍경이 담긴 퍼즐이었다. 조각 개수는 수백 개, 많으면 수천 개짜리도 있었다. 퍼즐들은 식탁이나 카펫 혹은 침대 밑 깔개 위를 차지했다. 나는 온 가족이 우리의 삶을 조각조각 묘사하는 그 작은 형형색색의 마분지 조각들을 향해 몸을 숙인 모습을 상상했다. 바이러스가 우리를 고립 속으로 몰아넣고 인간관계를 망가뜨리는 동안, 퍼즐은 우리가 인내심을 가지고 다시 맞춰나가야 할 온전한 세계를 약속하고 있었다. 우리의 손가락으로 얼굴, 풍경, 정물화는 되살아났다. 주변의 모든 것들이 와해되는 이 시대에 완전한 이미지를 되찾는 일은 우리를 위로했다. 라디오에서는 영어 단어 퍼즐에 '당황하게 만들다'라는 뜻이 있다고 했다. 나는 이 당황스러움 속에서 잠시 잠이 들었다. 그리고「연인들」의 한 장면이 아주 선명한 윤곽으로 눈앞에 나타났다. 마리나와 울라이는 만리장성을 따라 서로를 향해 걷고 있었다. 외부의 적들을 막기 위한 장벽이자 위험한 세상과의 경계선이었던 만리장성은 끝을 향해 가고 있던 그들의 변덕스러운 사랑을 닮아 있었다. 영원한 이별을 고하기 위한 재회를 앞두고, 둘은 각자 한 걸음 한 걸음 나아가며 머리카락, 그리고 접합된 입술로 결속되어 서로 하나가 되었던 시간들의 흩어진 조각을 주워 담았다. 결혼을 하지 않기로 한 그들은 만나 짧은 포옹을 나누고, 서로가 보이지 않을 때까지 각자의 길을 다시 걸어갔다. 타인으로부터 스스로를 보호해야 한다는 메시지를 담은 중국 황제들의 유산인 이 수천 킬로미터의 만리장성은 그 자리에 여전히 남아 있다. 서로에게서 영원히 멀어지면서, 마리나와 울라이는 함께 퍼즐의 유일한 조각이 되리라는 희망을 잃었다.

내가 쓰러진 후 며칠 동안, 모드는 리사의 도움을 받아 소파를 거실의 발코니 쪽 공간으로 옮겨두었다. 아내와 딸은 양쪽으로 열리는 문을 활짝 열었고, 나는 몸의 반을 바깥에 내놓은 채 또다시 누워 잎이 우거진 삼나무를 뚫어지게 바라보았다. 그곳에는 둥지를 틀기 위해 부리에 잔가지를 물고 서로 힘을 합치는 듯 보이는 까치 두 마리가 올라가 있었다. 그 모습은 불쾌감은커녕 위안을 주었다. 현기증도 거의 느껴지지 않았다. 음악 방송 채널로 맞춰져 있던 라디오에서는 긴 클래식 음악과 짧은 철학 토론이 번갈아 흘러나왔다. 마침 나에게 필요한 것이었다. 나는 귀를 기울여 이름을 처음 들어보는 여자의 목소리에 집중했다. 모두가 함께, 그러나 고립된 채 겪고 있는 이 비정상적인 상황에 관한 이야기였다. 나는 나무 꼭대기를, 그리고 구름 한 점 없는 하늘 아래 부드럽게 춤을 추는 연둣빛 잎사귀를 관찰하고 있었다. 그때 들려온 목소리의 주인공은 사상사 연구자였고, 그녀는 저명한 철학자 에마뉘엘 레비나스를 언급했다. 빠른 말투를 따라가기가 어려웠지만, 그녀가 라디오 스튜디오에 도착했을 때 한 남자가 문을 열어주더니 그녀에게 "먼저 가세요"라고 했다는 이야기가 내 귀를 사로잡았다. "먼저 가세요." 이 대수롭지 않은 한마디로 그녀는 '타인에 대한 관심'으로 요약되는 레비나스의 세계에 푹 빠졌다. 그녀는 이렇게 주장했다. 현대사회에서 우리에게 가장 부족한 것은 타인에 대한 배려이고, 특히 그 타인이 취약하거나, 사회적 영향력이 낮거나, 매일 아침 맞은편 인도에서 손을 내밀어도 보이지 않을 정도로 등한시되는 투명 인간 같을수록 더욱 심하다고. 그녀가 마지막으로 뱉은 문장이 날카로운 바늘처럼 꽂혔다. "우리는 이 '먼저 가세요'라는 한마디로 문명을 세울 수도 있을 겁니다." 머지않아 바흐의 아리아에 맞춰 부르는 격정적인 스캣이 그녀의 목소리를 덮어버렸다.

쿠션에 머리를 살짝 받치고 가만 누워서 한창 작업 중인 까치들을 감상하는 동안 내 안에는 그 여자의 말이 울려 퍼졌다. 지금껏 살면서 의심해 본 적이 없었다. 내가 하는 일이 옳으며 내 권리 또한 마땅하다고 믿으며 살아온 나는 삶의 의미나 가족을 넘어선 이웃의 운명이라는 그토록 흥미로운 주제에 관해 단 한 번도 질문을 던져본 적이 없다. 나는 모드가 나와 함께하는 삶을 행복하게 느끼는지, 리사가 무엇을 꿈꾸고 있는지에 대해서조차 비난받아 마땅할 정도로 무관심했다. 긴 수술에 집중할 때를 제외하면, 나는 타인에게 무관심한 편이었다. 점점 더러워지는 길거리와 늘어나는 노숙자들에 대해 문제의식을 느끼면서도, 내가 무언가를 바꿀 수 있다는 생각은 못 했다. 기억을 더듬어보아도, 사소한 불의에도 분노하던 젊은 시절 이후로는 그런 생각을 하지 않앉다. 줄곧 방관했다. 내 책임 밖의 일이었다. 몇 달째 내 집 근처에 눌러앉은, 이름도 모르는 노숙자를 걱정하기에는 충분히 많은 세금을 냈다. 얼굴 없는 관료제와 요람에서 무덤까지 챙겨주는 국가의 보살핌이 내 가장 기본적인 인간적 의무를 대신해 버렸다. 공적 연대가 그 역할을 대신해 주었기에, 타인을 돌본다는 것은 더 이상 당연한 일이 아니었다. 나도 모르는 사이에(그렇지만 나뿐만이 아닌 많은 시민들이 나쁜 버릇을 들였다) 서서히, 바로 그 시스템이 나를 무신경하고 비인간적인 사람으로 만들었다. 우리는 인간답게 반응하는 법도, 동정심도, 배려도 잊어버렸다. 타인의 불행과 내 행복의 양립이 가능했다. 심지어 그렇게 하는 게 권장되기도 했다. 우리가 세상의 모든 불행을 책임질 수는 없었다. 어떤 정당은 이를 슬로건으로 삼았다. 대외적으로는 더 사회적이라고 내세우던 정당들조차도 이 문제에 대해서는 미온적으로 변했다. 나는 언제부터 형제애를, 결코 사라져서는 안 될 그 의무를 포기했을까? 주고, 주의를 기울이고, 손을 내미는 일 말이다. 전혀 알 수 없었다. 마리나가 뉴욕 현대 미술관의 전시실에 앉아 고독의 행렬을 향해 강렬한 시선을 보낸 날보다 한참 전부터였던 것은 분명했다.

라디오에서는 바흐의 아리아가 사라방드풍으로 흘러나왔고(라디오 진행자가 소개하길, 정확히는 스윙글 싱어즈가 부르는「G선상의 아리아」였다), 나는 고통스러운 무력감에 휩싸였다. 근처 양로원에서 가끔씩 들려오는 구급차 사이렌이 음악을 방해했다. 나는 나와 직접적인 관련이 없는 것들에 대해 얼마나 무심했는지를 뼈아프게 깨달았다. 나는 어떤 의사였는가? 그 여자는 말했다. "먼저 가세요." 나는 누구에게 양보했는가? 무심코 내뱉는 이 평범한 한마디에 모든 것이 담겨 있었다. 먼저 가세요. 그 말이 곧 자신을 희생해야 한다는 뜻은 아니었다. "먼저 가세요"라고 말하려면, 우선 나부터 잘 지내고, 스스로를 충분히 돌봐야 한다. 지난 며칠간의 깨달음이 명확하게 정리됐다. "먼저 가세요"라고 말하지 못했다면, 그건 내가 잘 지내고 있지 않다는 뜻이었다.

또다시 머릿속에 아브라모비치의 퍼포먼스가 떠올랐다. 울라이와 머리카락을 서로 엮거나 긴 키스를 했던 퍼포먼스가 아닌, 1975년 암스테르담의 홍등가를 배경 삼은 영상의 한 장면이었다. 유리 상자 속에 갇힌 채 행인들의 시선을 받는 매춘부들에게 사로잡힌 마리나는 10년 전부터 성노동자로 일했던 스즈와 역할을 바꾸었는데, 그 10년은 마리나가 퍼포머로서 활동한 기간과 정확히 같았다. 네 시간 동안, 그들은 서로의 역할을 교환했다. 규칙은 간단했다. 각자는 새롭게 맡은 일, 그리고 그로 인해 발생하는 결과에 대해 전적인 책임을 질 것. 그리고 둘의 실험은 슈퍼 8 카메라 두 대로 촬영되었다. 마리나는 쇼윈도 안에 있었고 스즈는 마리나의 전시회 개막식에 참여했다. 마리나가 암스테르담의 그 뜨거운 거리에서 탐욕적인 시선을 받는 일 그 이상을 해야만 했는지는 나도 모른다. 내 머릿속에서 한 가지 문장이 끊임없이 맴돌기 시작했다. 너는 타인이다. 너는 타인을 혐오한다. 너는 타인이다. 너는 타인을 혐오한다. 과연 나는 한 시간만이라도 맞은편 인도의 노숙자와 입장을 바꿀 수 있을까? 답을 내릴 수 없었다. 까치들이 둥지를 완성하는 동안, 나는 잠이 들었다.

10

다음 날 아침, 나는 일찍 눈을 떴다.

문득 '베풀다'라는 단어가 입에서 맴돌았다.

나는 이 단어가 나에게 무엇을 말하려고 하는지 잠시 생각해 보았다.

제네뢰 Le Généreux. 베푸는 자, 케이크 이름이었다.

이 단어를 되새기며 나는 2년 전, 피렌체에서 돌아온 직후를 회상했다.

당시 나는 난데없이 떠오르는 마리나 A의 얼굴이 희미해지도록 내버려두고 일을 재개했다. 일기예보에서는 비정상적인 고기압의 영향이 전국을 강타할 것을 우려했다. 모든 존재와 사물의 색을 앗아 가는, 느리고 생기 없는 거대한 꼬

리구름 안에 갇힌 우리는 꼭 전문가가 아니더라도 얼마 전부터 하늘에서 무슨 일이 벌어지는지 확인할 수 있었다. 잿빛 하늘은 더러워진 눈과 닮아 있었다. 지레 낙담해 버린 태양이 떠오르기를 포기한 것만 같았다. 바깥 공기에서는 막 불어 꺼진 초 냄새가 났다. 생라자르역에서 출발해 병원이 있는 트뤼덴 거리로 걸어갈 때면 나는 종종 가는 길에 있던 두 개의 성당으로 피신하곤 했는데, 그중 하나는 위엄 있는 트리니테 성당이었고, 또 하나는 공해로 더러워진, 신고전주의풍 기둥을 자랑하는 노트르담드로레트였다. 촛불만 켜진 성당 안, 금빛 장식과 스테인드글라스 앞에서 내 영혼은 혈색을 되찾았다. 신은 언제 죽었는가? 신이 그저 침묵했던 아우슈비츠 집단 학살이 일어났을 때? 아니면 몇몇 역사학자들이 흑인을 향한 최초의 대량 학살이 일어났다고 주장하는 트로이전쟁 때? 신은 정녕 죽은 것인가, 아니면 그저 존재한 적 없던 것인가?

그 무렵, 생조르주 광장 주변에서는 기묘한 일들이 벌어지고 있었다. 몽마르트르를 향해 좁고 굽은 오르막길을 따라 오르던 골목에 용이 불쑥 나타났다는 이야기는 아니다. 그것은 다른 무엇이었다. 가장 약한 자들, 몸이 불편한 자들,

그리고 기아나 출신의 한 의원이 표현한 대로 '검둥이들과 굶주린 자들'을 보이지 않게 지워버린, 조용히 조직된 집단적 실종이었다. 나는 이 사실을 1월의 어느 저녁(피렌체의 아름다움에서 아직 헤어나지 못하던 때였다), 종탑 주변에서 손을 내밀던 노숙자 하나를 찾아 나섰을 때 알아차렸다. 그로부터 며칠 전, 사무실에 우편 하나가 왔는데, 가톨릭 구호단체에서 정성스럽게 포장해 보낸 소포였다. 안에는 거리의 사람들에게 주기 적당한 크기의 초콜릿 마블 케이크가 들어 있었다. 제네뢰(이게 실제 케이크 이름이었다)라 적힌 케이크 상자에는 "기부하기에 이보다 좋은 때는 없습니다"라고 적혀 있었고, 자비로운 셰프의 얼굴이 양각으로 동그랗게 새겨져 있었다. 나는 이 특이한 택배가 어쩌다가 나에게 배송되었는지, 어쩌다 내 이름이 기부자 명단에 들어갔는지 알 수 없었다. 수취인은 폴 가셰 박사, 내가 맞았다.

나는 매일 5분씩 이 상자를 들고 동네 이곳저곳을 돌아다녀야겠다고 생각했다. 그런데 하루도 그 5분이라는 시간을 내지 못했다. 변명하자면 일이 많았다. 유통기한이 다가오는 것을 보고, 내가 직접 먹는다는 생각은 배제한 채(내가 제네뢰의 최종 수취인은 아니므로) 케이크를 누구에게 줘야 할지 곰곰이 생각했다. 엉성한 화장으로 가렸지만 별 소용이 없는, 다크서클로 뒤덮인 얼굴을 하고도 바쁜 행인들에게 인사를 건네고, 튀르고 거리의 우체국의 무거운 유리문을 대신 열어주는 것을 마다하지 않던 노숙인 신문 판매원에게 줄 것인가? 아니면 대게는 인도 위, 가끔은 길 초입 현금자동입출금기 옆 다 해진 판지 위에 앉아 있는 루마니아인 노파? 아니면 지하철 계단 위쪽에 눌러앉은 거지? 분명이 근처에 줄 사람은 넘쳐났다. 나는 가톨릭 구호단체 여성들(왜인지 여성들만 떠올렸다)에게 그 사실을 알렸어야 했다. 누구를 선택하는 일이 얼마나 어렵던지. 케이크는 또 얼마나 더 필요했던지. 정말로 내가 그렇게 생각했다면 직접 빵집에 찾아가서(동네에는 초코빵부터 아이싱이 올라간 과일 타르트, 브리오슈를 파는 먹음직스럽고 멋진 빵집이 줄지어 있었다) '베풀'면 될 일이었다. "기부하기에 이보다 좋은 때는 없습니다"라는 문구는 단순한 장식이 아니었다. 그렇지만 나는 기부를 하거나 누군가에게 양보한다는 생각을 해본 적이 없었다. 이 결점을 깊이 파헤치지 않고 살아왔다. 연말에도 마찬가지였다. 기부가 양심의 가책을 덜어주는 동시에 세금 공제에도 도움이 되는 시기였지만, 나는 수백만 명의 사람들이, 엄청난 부자가 아니더라도 자연스럽게 실천하는 그 단순한 행동을 생각조차 못 했었다.

어느 저녁, 더는 케이크를 사무실에 처박아 두지 않고 지금 당장 배고픈 자들을 향해 들고 가야겠다고 다짐한 나는 마침내 케이크를 품에 안고 길을 나섰다. 우체국은 아직 영업 중이었지만, 신뢰를 잃은 옅은 미소를 띠며 늘 문을 잡아 주던 젊은(내 눈에 젊어 보였다) 여자는 거기 없었다. '운이 없다'고 생각했다. 그녀도 운이 없었지만, 모뵈주 거리까지 되돌아가야만 하는 나도 운이 없기는 매한가지였다. 50대로 보이지만 실제로는 더 어릴(거리 위 사람들은 지독하게도 빠르게 늙어갔다) 한 방랑자를 보았던 기억이 떠올랐다. 그녀는 늑대처럼 생긴 개들, 그리고 짐꾸러미와 함께 43번 버스 정류장 뒤편 건물의 움푹 들어간 곳에 머물던 여자였다. 생라자르역까지 걸어가기 귀찮았던 나는 정류장에서 버스를 기다리며 조용히 그녀를 쳐다보곤 했다. 고행하는 사람처럼 야위고 퇴색된 잿빛 금발의 그녀는 의연하고 곧은 자세로 주변에 눈길도 주지 않고, 자신만의 세상 안에서 홀로 멍하니 어딘가에 시선을 고정하고 있었다. 입에는 담배를 물고 얌전한 개들을 향해 소리를 지르며 담요와 찢어진 이불, 그리고 축축한 판지 더미를 계속해서 정돈했다. 나는 그녀가 여전히 그 자리에 있어서 그 빌어먹을 케이크를 받아주길 바랐지만, 딱히 급할 게 없던 나는 서두르기는커녕 시간을 지체하고 말았다. 버스 정류장에 도착했을 때, 자리는 깨끗하게 치워져 있었다. 강한 물줄기를 내뿜는 녹색 트럭이 그녀의 자리를 청소한 뒤였다. 그녀의 흔적은 어디에도 남아 있지 않았다. 그녀도, 그녀의 개들도. 도대체 어디로 사라진 것일까? 그 누구에게도 베풀 수 없는 제네뢰를 들고 있으려니 나 자신이 멍청이 같았다. 주로 거지(그런데 아직도 거지라는 단어가 사용될까? 이렇게 불러도 될까?)가 많은 노트르담드로레트역이나 순교자의 언덕같이 자주 다니는 장소에서는 더이상 기회를 찾을 수가 없었다. 그들은 회색 인도 속으로 녹아 없어졌다. 나는 약간 짜증이 났고, 기부라는 게 그리 쉬운 일이 아니라고 생각했다.

나는 결국 생조르주 광장의 벤치 위에 케이크를 내려놓았다. 노숙자들이 정기적으로 와서 식수대에서 목을 축이거나 몸을 씻는 걸 알고 있었기 때문이다. 다음 날 점심시간에 가보니, 케이크는 그대로 있었다. "마음껏 드세요"라는 문구를 남기고 왔어야만 했다. 가난한 자들이 모두 동네를 떠나버렸거나 초콜릿 케이크를 좋아하지 않는 것 같았다. 신문에서도 노숙자 변사 사건은 찾아볼 수 없었다. 그런데 무언가 이상했다. 어느 날 친구와 점심 약속이 있어 아베스역에 있는 작은 식당 앞에 도착했는데, 예상치도 못한 광경이 시선을 끌었다. 아무것도 없이 횅한 벽 위에, 동그란 얼굴이 서툴게 그려진 중간 크기의 종이 상자가 붙어 있었다. 그리고 그 위에는 낡은 모자가 올려져 있었다. 소인국의 오두막집과 닮은 상자 양쪽에는 슬리퍼 한 켤레와 성당에서 헌금을 걷을 때 돌리는 가벼운 버드나무 바구니가 놓여 있었다. 바구니 안에는 커피 한잔 사 먹을 돈도 들어 있지 않았다. 그때 굵은 글씨로 쓴 '투명 인간'이라는 글씨가 눈에 들어왔다. 이 임시 설치물을 촬영하려면, 50센트를 내야만 했다. 나는 이 투명 인간이 누군지 알아내기 위해 그가 나타날 때까지 기다리고 싶어졌다. 한밤중이나 이른 아침이 되면 올가미를 수거하는 밀렵꾼처럼 수확물을 찾기 위해 모습을 드러내지 않을까? 몇 분이 지나자 말썽꾸러기 사내아이 둘이 상자 앞에 멈춰 서서는 오랜 친구에게 인사하듯 손을 흔들었다. 한 아이는 혀를 내밀었고, 다른 아이는 우스꽝스러운 표정을 지었다. 그 순간, 나는 벽에 붙어 아이들의 얼굴을 비추는 깨진 거울 조각을 발견했다. 아이 둘이 흩어졌고, 이번엔 내가 거울 앞으로 다가갔다. 약간의 하늘과 놀란 내 얼굴이 보였다. 투명 인간이 나타나길 기대한 것은 아니었지만, 그 광경을(부재하는 자에게도 광경이라는 표현을 사용할 수 있다면) 본 나는 하루 종일 찜찜했다. 유령이 된 건 오직 거지들이었으니까. 아니면 투명 인간은 우리 각자 안에 있는 것인지도 몰랐다.

상자로부터 그리 멀지 않은 곳에는 행맨 게임을 연상시키는 교수대가 빨간 페인트로 조잡하게 그려져 있었고, 그 옆에는 엉뚱한 문구가 적혀 있었다. '교원 단체' 그림 속 머리와 몸통, 두 다리, 두 팔로 이루어진 시체는 밧줄 끝에 뻣뻣하게 매달려 있었다. 그러나 가장 섬뜩했던 것은, '교원 단체 corps enseignant'라는 말을 '피 흘리는 몸corps en saignant'으로 바꿔치기한 잇따른 낙서들이었다. 그리고 그 위에는, 한층 더 붉은 글씨로, 분노와 위협이 담긴 두 단어가 덧칠되어 있었다. '피 흘리는 코란Coran saignant'.

제네뢰를 2년도 더 지나서 다시 언급하는 이유는, 생조르주 광장의 투명 플라스틱 쓰레기통 바닥에 있던 그 이름이 내 눈에 띄었기 때문이다.

11

내 생에 가장 고통스러웠던 것 같은 나날들이 시작됐다. 마리나 A가 갑자기 내 일상 속에 다시 찾아온 것을 일종의 암호화된 경고로 보지 않는 한, 내가 겪을 일들을 예고하는 그 어떤 징조도 없었다. 굳이 제네뢰를 떠올리지 않더라도, 곧 예순이 되는 나이까지 내가 이기주의자로 살아왔음이 분명해 보였다. 리사를 키우면서, 나는 정말 단 한 번이라도 리사의 말을 귀 기울여 들은 적이 있던가? 모드는 나를 위해 온갖 정성을 다했는데, 내가 아내에게 돌려준 것은 막연한 애정뿐이었다. 나는 극심한 현기증으로 구토를 했고, 병세로 인해 깨어난 내 안의 악마에 사로잡혀 완전히 무기력해졌다. 밤이 깊도록 나는 그대로 소파에 누워 있었고 위층 침

143

실로 올라가는 일은 내 힘으로는 도저히 불가능했다. 그때, 이름도 낯선 이 뱃멀미 같은 증세가 나를 정면에서 덮쳐오는 것처럼 느껴졌다. 이제 사람들은 모두 가면을 쓴 채 앞으로 나아가고 있었는데, 병은 내 가면을 벗겼다. 그렇게 나는 처음으로 꾸밈없는, 있는 그대로의 나를 마주했다. 마치 내가 계속해서 떠올리고 있는, 상대의 입안에까지 그 고성이 전해지도록 몇 시간 동안 서로를 향해 말 그대로 울부짖던 마리나와 울라이처럼. 스트로치 궁전에서 이 결투를 처음 보았을 때, 나는 겁이 났다. 빠르게 지나쳤지만 그들의 비명이 나를 쫓아와 옆 전시실까지 울려 퍼졌다. 나는 그 비명들에 과감히 맞서기 위해, 목소리의 주인공을 마주하고, 그들의 얼굴을, 화합과 인류애를 뿜어내는 듯한 그들의 눈빛과 표정을 자세히 본다면 두려움이 덜어지지 않을까 기대하며 발걸음을 돌렸다. 그러나 화면에는 연인의 절망적인 폭력만 나오고 있었다. 퍼포먼스의 제목은 「AAA – AAA」였다. 1978년의 퍼포먼스였는데도 그 힘은 여전했다. 마리나와 울라이는 서구 사회를 소통 부족으로 망가진 남녀에 빗대어 표현했다. 서로의 뺨을 점점 더 세게 때리던 다른 퍼포먼스에서는, 폭력의 악순환을 보여주며 관객들에게 깊은 충격을 안겼다.

그날 밤, 나는 비명을 내질렀다. 너무 큰 소리에 모드가 급히 달려왔다. 모드는 물 한 잔을 떠 와 마시라고 건넸다. 하지만 나는 심한 흥분 상태였다.

"왜 소리를 질러?" 아내가 걱정 섞인 목소리로 물었다.

나는 대답할 수가 없었다. 비명에 리사가 깰 텐데도 멈출 수가 없었다. 내뱉어야만 했다. 무언가를 내뱉어야만 했다. 병이 시작된 이후로, 내 세계는 산산이 부서졌다. 이제는 그 무엇도 안정적으로 느껴지지 않았다. 흔들리는 것은 땅뿐만이 아니라, 내 삶 전체였다. 나의 확신들도 모두 무너져 내렸다. 이젠 의심이 나를 엄습했다. 그리고 지금까지 스스로 인정하고 싶지 않았던 것들을 마주했다. 내가 사라진다 해도 그 누구도 나를 그리워하지 않을 것이 분명했다. 모드는 나를 사랑했고, 나는 그 사실을 알고 있었다. 그녀와 함께하면 행복했다. 그러나 나는 나 자신과의 관계에서는 행복하지 않았다.

나는 결국 안정을 되찾았고, 모드는 다시 침실로 들어왔다. 새벽에 또 비명을 질렀던 것 같은데, 아침에 다시 나를 확인하러 온 모드는 아무 소리도 듣지 못했다고 했다. 그 순간 나는 이상한 점을 발견했다. 파자마 상의 왼쪽에 핏자국이 몇 개 있었고, 팔꿈치 쪽에 두 개가 더 있었다. 나는 영문도 모른 채 핏자국을 살펴보았다. 말라 있었고, 탁한 붉은빛이었다. 잠자리에서 뒤척이다 어디 부딪힌 것일까? 소파에서 떨어졌나? 주변에 있는 모든 것들은 가지런했다. 팔, 옆구리, 가슴을 샅샅이 뒤져보아도 상처는 보이지 않았다.

12

구토가 멈추지 않았다. 주변이 흔들리고 핑핑 돌았다. 땅
이 흔들리는 것도, 상상 속 바다가 울렁거리는 것도 아니었
다. 땅 위에 있으면서도, 나는 기억의 바다에 휩쓸려 거센 파
도에 내던져졌다가 바닥에 세차게 내려꽂히며 의식을 잃
을 것만 같았다. 나는 마리나와 울라이의 퍼포먼스 중, 이 감
각과 가장 유사한 것을 찾아 헤맸다. 「바다가 보이는 집」인
가 싶었지만 아니었다. 그 집에는 벽이 없었다. 그리고 바다
란 곧 마리나를 보기 위해 거대한 파도를 타고 몰려온 구경
꾼 관람객들이었다. 그들은 잠을 자고, 걷고, 샤워하고, 먹
을 것을 찾고, 마시고, 배변하는 마리나의 하루를 지켜보았
다. 사람들은 벌거벗은 채 혼자서 입을 꾹 닫고 있는 그녀의

147

행동을 샅샅이 관찰했다. 붕 떠 있는 이 집으로 들어가기 위해서는 바닥에 세워져 있는, 발판 하나하나가 거대한 칼날로 되어 있는 나무 사다리를 타고 올라가야만 했다. 다가간다는 것은 몸이 베일 것을 감수해야만 하는 일이었다. 나는 뉴욕 현대 미술관에서 재회하기 한참 전, 마리나와 울라이가 찍었던 퍼포먼스 영상 하나를 봤었다. 다큐멘터리와 같은 효과를 극대화하기 위함이었는지 저화질 흑백 화면으로 촬영된 영상이었다. 제목은 '밤바다 횡단', 나는 제대로 보지도 않고 밤바다 횡단이 아닌 흑해 또는 밤바다의 기름띠를 건넌다는 의미로 해석했었는데, 어쨌거나 실제 영상은 바다와는 거리가 멀었다. 영상 속 두 연인은 긴 마호가니 테이블의 양 끝에 앉아 움직이지도 않고 서로의 눈을 바라보고 있었다. 아무것도 먹지 않고, 무언가를 기다리며 그들 위로, 점점 더 고통스러워지는 육체 위로 시간을 흘려보냈다. 단식은 총 17일 동안 이어졌고, 마르고 길쭉한 울라이가 먼저 포기했다. 너무 급속도로 말라가는 바람에 체중이 얼마 되지 않았는데도 온몸이 꼬리뼈를 짓누르는 고통을 견디지 못한 것이었다. 갈비뼈가 장기를 압박해 췌장이 손상되기도 했다. 티베트에서의 체류 당시, 그리고 호주 원주민들과의 생활에서 체험한 온전한 명상 상태에 영감을 받은 그들은

1981년부터 1987년까지 전 세계를 누비며 이러한 방식의 퍼포먼스를 총 스물두 차례 수행했다. 이「밤바다 횡단」(나는 매번 고집스럽게 '밤바다의 기름띠'를 떠올렸다)은 매번 자기 내면 깊숙이 내려가는 행위였다. 멈춰 선 몸, 일종의 신체적 무감각이 영혼을 풀어놓아 의식의 가장 내밀한 틈새까지 파고들게 했다.

컨디션이 좀 나아진 어느 저녁, 모드가 같이 영화를 보자고 제안했다. 평점이 좋다고 했다. 3년 전 칸 영화제에서 황금종려상을 받았다는데, 일상에 치여 살던 모드와 나에겐 금시초문이었다.「섬웨어」를 본 뒤부터 나는 영화를 경계했다. 제목은「더 스퀘어」였는데, 감독 루벤 외스틀룬드는 서구 부르주아 계급을 향한 냉소적 시각과 신랄한 비판 의식을 거리낌 없이 표현했고 나는 그것이 스웨덴식 모델을 비판한 것이라 애써 생각했지만, 곧 영화 속 인물들이 모드와나, 그리고 우리의 많은 친구들이나 지인들과 다를 바 없다는 생각이 들었다. 겉보기엔 세련된 북유럽의 사회민주주의가 우리가 사는 혹독한 세계와는 분명 달랐지만 말이다. 환히 빛나는 사각형, '더 스퀘어'가 내 시선을 사로잡았다. 이 사각형은 스톡홀름 현대 미술관 광장의 오래된 기마상을 몰아내고 그 자리를 차지했다. 그 공간에는 명확한 의미가 있었다. 마치 해외 영토에서의 대사관처럼 더 관대한 규율이 적용되는 치외법권 지대와 같았다. 엄격하게 구획된 이 정사각형 앞에 설치된 설명문에는 이렇게 적혀 있었다. "더 스퀘어는 신뢰와 이타주의가 지배하는 성역이다. 그 안에서는 우리 모두 동등한 권리와 의무를 지닌다." 도시 내 나머지 지역들이 법도 윤리도 없는 정글이라 할지라도, 더 스퀘어에 들어간 사람들은 누구나 도움을 요청하고, 합법적으로 보호받을 수 있었다. 선의라는 이름의 미덕은 모두에게 적용되었다. 그러나 거리 구석구석에 설치된 카메라들 때문에 냉소적인 이들은 선의를 선량한 감시라고 불렀다. 보도 위에 그어진 그 경계선 안에는, 소득 재분배 정책의 힘을 빌려 가장 취약한 자들의 고통을 떠맡던, 난해한 약칭의 익명성 뒤에 숨은 기관들도 존재하지 않았다. 오직 다른 남성들에게 손을 내미는 남성들, 다른 여성들에게 손을 내미는 여성들만 있었다. 그런데 보편적 형제애의 이념 아래 조화로운 공존을 상징하는 이 장소는 그보다 파렴치하고 자극적인 현실의 타격으로 금세 산산조각 나버렸다. 붐비는 인파 속에서 지갑과 휴대폰을 소매치기당한 주인공은 자신의 물건을 되찾기 위해 비열한 방법을 사용한다. 심지어 스웨덴이라는 안락한 환경 속에서도, 인간은 인간 앞에서, 자신의 자식 앞에서도 늑대가 된다는 사실이 드러났다.

마리나 A와 연관을 지은 건 모드였다.
"이 사각형 보면 뭐 생각나는 거 없어?"

아내가 영화가 끝나고도 다시 헤드폰을 쓰지 않았다는 사실이 기뻤다. 내가 아프기 얼마 전에, 우리는 이 자발적 고립에 대한 이야기를 나눈 적이 있었다. 어느 날 아침 식사 자리에서 리사가 방으로 먼저 들어가자 모드는 나를 피하려던 것이 아니었다고 해명하며 자신의 불만을 털어놓았다. 사실 그것은 불만이라기보단 깊은 슬픔에 가까웠다. 분노라기보다는 권태와 좌절의 감정이었고, 특히 무엇보다도 상처가 가득했다. 내가 언젠가부터 모드를 거의 바라보지 않았기에, 모드도 내 이야기를 듣지 않게 된 것이다. 그만큼 단순한 문제였다. 그러나 동시에 쿡쿡 찌르며 끈질기게 괴롭히는, 숨을 쉬는 것조차 힘들게 만드는 옆구리 통증 같은 것이기도 했다. 나는 제대로 이해하지 못하면서도 무언가 잘못했다고 느끼는 남자들처럼 미숙하게 사과했다. 이 빌어먹을 현기증이 나를 어지럽게 하기 전까지만 해도 나는 더욱 주의를 기울였었다. 모드는 다시 다정해졌고, 더는 헤드폰을 늘 쓰고 있지 않았다. 영화가 끝난 후, 모드는 내가 그나마 주인공보다는 낫다고 속삭이며 웃었고, 나는 그것을 칭찬으로 받아들였다.

"정사각형? 아니, 모르겠는데." 내가 대답했다.

"아니, 뉴욕 현대 미술관에서 했던 마리나 아브라모비치 퍼포먼스 기억해 봐."

"그런데?"

"마리나가 큰 전시실 안에 앉아 있었을 때 말이야. 사람들이 그 맞은편에 앉겠다고 계단을 뛰어 올라오기 전에."

"아!" 나는 후련한 마음으로 외쳤다. "맞네."

이 대화로 나는 모드와의 신뢰를 되찾았다. 우리가 서로 통한다는 증거이자, 마리나가 우리 앞에 처음으로 나타났던 피렌체 여행 때보다 한참 전부터 우리를 하나로 결속시켰던 유대의 증거였다. 나는 다시 「예술가는 여기 있다」의 장면을 떠올렸다. 마리나는 그날그날 기분에 따라 하얀색, 빨간색, 파란색의 긴 드레스를 입고 나무 의자에 앉아, 수많은 카메라 렌즈에 둘러싸인 채 몇 시간 동안 마주할, 탐색하는, 눈물 젖은, 간곡한 시선을 기다리고 있었다. 퍼포먼스 공간은 바닥에 붙어 있는 테이프로 구획되어 있었고, 그것은 거대한 정사각형을 이루고 있었다. 그 정사각형 안에서 마리나는 「더 스퀘어」에서 지켜지지 않았던 약속과 포용, 상부상조, 관심을 모두에게 건넸다. 자신의 시간을 기부하는 것이었다. 서로 접촉하지 않고, 그저 바라보았다. 오로지 시선으로만 접촉했다. 나와 같은 인간을 또 다른 나 자신으로 여기되, 무엇보다도 '나 자신'이 아닌 '너', 나와 다른 존재로 받아들이며 집중했다.

그날 저녁, 모드는 한 팔을 내 가슴에 올려둔 채 내 목덜미에 깊은 숨을 내쉬며 겨우 잠들었고, 잠이 오지 않았던 나는 깨어 있었다. 마리나 A의 이미지들이 뒤죽박죽 형형색색의 만화경같이 주마등처럼 지나갔고, 그 세르비아 아이콘을 현대미술의 대모로 만든 놀라운 장면들이 기묘하게 뒤섞였다. 처음에는 발가벗고 구교묘九翹猫*를 제 등에 휘두르며 신음을 내지르는 마리나가 보였다. 그런 다음 마리나는 또다시 발가벗은 상태로 삼각형의 나뭇조각에 몸을 고통스럽

---

* 아홉 갈래 채찍. 아홉 꼬리 고양이라고도 부른다.

게 의지하고 팔다리를 벌린 채 살아 있는 그림처럼 벽에 걸렸다. 그러다 강풍으로 돌아가는 선풍기 바람을 들이마시며 헐떡거리다 의식을 잃었고, 잠시 숨을 가다듬은 후, 말조차 쓰러뜨릴 정도로 강한 약물을 흡입해 완전히 굳어버렸다. 그다음에는 바로 울라이와의 퍼포먼스들이 눈앞에 펼쳐졌는데, 마리나와 울라이는 이번에도 나체로, 서로를 향해 미친 듯이 질주하며 강하게 부딪혔고, 울라이의 무게에 못 이긴 마리나는 매번 고꾸라졌다. 육체의 충돌, 그리고 구타와 훼손의 시간은 사랑이 주는 신뢰에 자리를 내어주며 이내 사라졌다. 둘의 끝없는 키스부터 그들의 운명처럼 엮인 머리칼, 팽팽한 활시위, 사랑하는 여인의 심장을 애써 쏘지 않는 큐피드의 독화살, 그리고 울라이의 푸르른 눈빛과 마리나의 새까만 눈빛이 만난 연인의 눈 맞춤까지. 결국 둘은 중국에서 이별해 각자의 길을 걸어갔다. 울라이는 잊었고, 마리나는 주름 하나 없는 얼굴로 반짝이는 드레스를 입은 채 잿더미에서 부활했다. 그리고 이마 위에 마녀라는 단어가 쓰인 마리나의 사진이 여기저기 야만적으로 도배되었다. 그로부터 오래, 아주 오랜 시간이 흐른 뒤, 모든 고통과 분노를 삼키고 뉴욕 현대 미술관의 가능성과 화해, 이타주의와 자애의 사각형 안에서 울라이와 재회한 마리나는 무표정의 가면을 벗고 두 팔을 뻗어 사랑했던, 잃었던, 잠시나마 되찾은 동반자의 손을 맞잡았다. 그는 테이블 맨 끝에, 마치 만리장성보다 더 먼 듯한 곳에 앉아 있었지만, 갑자기 두 사람은 서로의 심장 박동이 들릴 만큼 가까워졌다.

다음 날 아침, 나는 커피를 내리고 있었고 모드는 필라테스를 하고 있었다. 그때 라디오에서 누군가가 '사회적 거리 두기'라고 하지 않고 '물리적 거리 두기'라고 해야 한다고 언급했다. 용어로 인해 전염병이 계급 격차를 심화해서는 안 된다는 이유에서였다. 아직 잠에서 덜 깬 상태였지만, 그 뉴스를 들으니 마음이 놓였다. 문제를 의식하기 위해 노력하고 있음을 시사하는 뉴스였다. 말의 힘에 대해 숙고한다는 것 자체가 의미 있었다. 간밤의 장면들이 여전히 내 눈앞을 맴돌았다. 나는 이렇게 계속 변신하는 마리나의 퍼포먼스를 공존하기 위한 끝없는 노력들로 받아들였다. 그녀의 채찍질은 말했다. "나는 취약하다." 공산주의의 별이 활활 타오르거나 「리듬 0」에서 흥분한 관람객이 장전된 총을 휘두르는 극한의 상황 속에서 관람객들이 내민 손은 "당신이 필요하다"라는 의미였다. 격렬한 키스, 심장을 겨눈 화살, 서로 묶인 신체는 사랑과 타인에 대한 절대적인 신뢰를 상징했다.

그리고 테이블 위로 주고받은 시선을 통해 두 사람 사이의 간격에는 다정함이 스며들었다. 그녀는 매번 신체를 내걸었다. 위험에 노출되고, 발가벗겨지고, 위협당하고, 짓밟히다가, 다시 옷 입혀지고, 멀리 치워지고, 보호받고, 지켜졌다. 마리나 A가 혼란과 호기심을 일으켰다면, 그건 그녀의 삶의 궤적이 우리, 그리고 나의 삶의 궤적과 맞닿아 있기 때문이었다. 하지만 나의 충격은 더 깊은 곳에서 비롯된 것이었다. 나는 피렌체 거리에서 모드와 리사와 함께 그 정지 상태의 사진과 검은 눈, 그리고 더 클리너라는 수수께끼 같은 글귀를 마주한 때를 떠올렸다. 리사가 말했듯, 세상은 클린하지 않았고, 우리 또한, 우리 중 그 누구 또한 깨끗한 사람은 없었다. 전염병이 발생하기 몇 주 전, 내가 찾아 헤매던 한 영상을 모드가 대신 찾아주었는데, 그 영상에서 마리나는 어머니에 대해 이야기했다. 그녀의 어머니는 티토 지지자들의 편에 서서 싸우던 여걸이었다. 한 번도 딸에게 입을 맞추지 않았던, 자신만의 방식으로 딸을 사랑했던 그녀는, 떠나기 직전 마리나에게 "버릇없게 키우지 않기 위해서였어"라고 말했다. 실제로 어머니는 마리나가 잠든 사이에만 입을 맞추었다. 그 짧은 영상에서 마리나는 말했다. 그 책임감 하나밖에 모르던, 엄격하고 융통성 없던 여성이 자신을 사랑했었다는 사실을 너무 늦게 알아버렸다고. 그리고 어머니는 본의 아니게 자신의 어린 시절을 망쳐버리고, 자신을 비관적인 침묵 속에 빠뜨렸다고 회상했다. 그녀는 이것이 결국 자신을 베오그라드에서의 초기 퍼포먼스에서 두드러졌던 자기 파괴적인 길로 이끌었다고, 산 채로 타버리고 싶은 욕망, 불타버린 별 속에 검게 타버린 육체의 흔적만을 남기려는 충동을 낳았다고 말했다. 그녀는 2010년 가을, 피렌체에 막 도착했을 때의 일화를 털어놓았다. 공항 화장실에 들어가면서, 우연히 벽에 붙은 인쇄물 두 장을 발견했다. 마리나는 목소리를 높였다. "두 장 가득히 적혀 있었어요!" 그곳에는 비누로 손을 씻는 올바른 방법이 그림과 함께 설명되어 있었다. 손바닥을 서로 비비세요, 손등을 씻으세요, 손가락 사이사이, 그리고 손끝까지 구석구석 닦으세요, 엄지도 씻으세요. 마리나는 카메라 앞에서 이 모든 동작을 흉내 냈고, 이내 표정을 찌푸렸다. 청결에 대한 이러한 집착이 그녀를 순식간에 어린 시절, 1950년대로 데려간 것이었다. 당시 그녀의 어머니는 집에 놀러 온 친구들에게 마스크를 씌웠고, 마리나에게는 하루에 열 번씩 손을 씻게 했으며, 밤에 자다 일어나서도 이부자리를 아주 깔끔하게, 주름 하나 없이 정리시켰다. 마치 마리나가 그곳에 없는 것처럼. 더 클리너.

13

나는 어쩌면 호퍼에게 더 끌렸을지도 모른다. 미국인 에드워드 호퍼. 그가 그려낸 고독 속으로 스며들 수 있었을지도 모른다. 피렌체 탐험(내 영혼의 후유증을 생각하면 탐험이라 칭할 만하다)을 떠나기 몇 년 전, 나도 수십만 명의 사람들처럼 그랑팔레에서 열린 호퍼 전시에 갔었다. 위생이 중요한 의제가 아니던 그때, 인파에 섞여 군중 속 고독을 이야기하는 그림들을 관람하는 것은 그 자체로 완벽한 아이러니였다. 모자를 쓰고 카페에 앉아 아마도 오지 않을 누군가를 기다리는 여성, 그리고 모두에게 잊힌 텅 빈 주유소에 홀로 서 있는 직원의 초상이 아직도 기억난다. 몇 시간 동안 모든 전시실을 꼼꼼히 관람한 후, 모드와 나는 약간의 실망을 안고 미술관을 나왔다. 이미 지겹게 본 사진들을 그대로 옮겨놓은, 어떤 질감도 느껴지지 않는 단조로운 색의 작품들이었다. 등장인물들에겐 실체감이, 정확히 말해 현실성이 없었고, 그들의 생기 없는 창백함에 우리는 실망했다. 호퍼는 내게 말을 걸었지만, 내 마음을 건드리지는 못했다. 나는 그의 그림 곁에서 맴돌 뿐, 그 안으로 침투할 수는 없었다. 유리창에 붙은 파리와 같았다. 마리나가 준 자극과는 정반대의 것이었다. 그녀는 내 안으로 들어왔다. 나는 물리적 충격을 느꼈고, 만약 내 심장에 마이크가 달려 있었다면 거대한 옷장이 계단으로 굴러떨어지며 내는 굉음처럼 파괴적이고 둔탁한 폭발음이 들렸을 것이다. '예술가는 여기 있다'라는 퍼포먼스 제목이 의미하는 바 그대로 마리나는 실재했고, 그녀의 대담하고 광적인 행위(얌전한 작업은 본 적이 없다)는 평범한 우리 삶을 조용히 비집고 들어왔다. 그녀의 예술에선 모든 것이 육체적이었고, 삶과 죽음의 문제였으며, 타인과의 유대라는 유일한 목적을 위해 그녀는 홀로 있었다.

그 고통스러운 뱃멀미가 가라앉자, 나는 다시 정상적으로 식사를 하기 시작했다. 모드는 기꺼이 나에게 온갖 종류의 샐러드를 만들어주었다. 아내는 그 일을 하찮은 집안일이라고 생각하지도, 굴욕감을 느끼지도 않았으며, 그런 모습이 나로서도 아주 좋은 일이었다. 그런데 어느 날 점심 식사 도중 짜증 나는 일이 있었다. 이전처럼 머리가 흔들리지는 않았지만 제정신은 아닌 것 같았다. 나는 올리브유 병을 집으려고 자리에서 일어나 병의 목 부분을 쥐었는데, 하마터면 그것이 타일 바닥에 떨어져 산산조각 날 뻔했다.

"얼굴이 창백한데!" 모드가 걱정스레 말했다.

"별일 아니야, 병을 떨어트릴 뻔했어."

"그랬다고 얼굴이 그렇게 창백해져?"

"그러게, 맞는 말이야…"

나는 말끝을 흐렸다.

나는 다시 자리에 앉아 몇 마디 중얼거렸고, 초췌한 내 얼굴을 본 모드는 무슨 일이 생겼다는 것을 직감했다. 사실 나는 나에게 어퍼컷을 날린 한 장면에 사로잡혀 있었다. 전날부터 이미 불안했다. 그러니까 병을 떨어뜨리기 하루 전, 모드는 같이 외스틀룬드의 다른 영화를 보자고 제안했었다. "알지?「더 스퀘어」만든 감독." 모드는 이미 VOD에서 영화를 찾기 위해 리모컨으로 제목을 한 자 한 자 입력하고 있었다.

"제목은 '포스 마쥬어 : 화이트 베케이션'이고, 한 부부의 이야기야." 모드는 대수롭지 않게 말했다.

실은 부부의 이야기라기보다는, 부모와 자식 둘로 구성된 겉보기에 그저 전형적인 한 가족이 프랑스 스키 리조트에서 일주일간 휴가를 보내는 내용이었다. 가족이 산 위에 있는 식당 테라스에서 점심 식사를 하던 중, 누군가가 고의로 일으킨 눈사태에 엄청난 눈덩이들이 두꺼운 안개를 뚫고 쏟아져 내려왔다. 테라스에 앉아 있던 스키어들도 처음에는 멀리서 보이는 이 말도 안 되는 광경을 멍하니 바라보고만 있었다. 그러다 눈사태가 전혀 통제되지 않은 채 세상이 끝나버릴 듯한 굉음을 내지르며 자신들을 향해 다가온다는 것이 확실해지자, 모두 공포에 질려 비명을 지르고 뒤엉켜 소란을 피웠으며, 의자들마저 모조리 뒤집혔다. 아내는 아이들을 꼭 안아주며 안심시키려고 했다. 그런데 남편은, 가족들을 그대로 내버려두고 혼자 살아보겠다고 도망갔다. 눈사태는 테라스를 덮치기 직전 기적처럼 멈추었고, 위험이 사라지고 공포심이 가라앉자 식당 테라스는 다시 평화로운 활기를 되찾았다. 모두 다시 식사를 이어갔다. 그러나 아내는 아직 공포에 떨고 있었다. 도망간 남편이 더는 예전같이 느껴지지 않았다. 신뢰는 순식간에 산산이 부서져 내렸다. 그녀의 눈빛에는 무너진 신뢰만이 서려 있었고, 표정에서는 환멸이 느껴졌다. 나는 아직 한마디도 하지 않았는데, 모드는 지레 나를 안심시키려고 했다. 내가 무엇 때문에 고통스러워하고 있는지 느낀 것일까?

"당신이라면 무조건 리사를 지켰을 거야." 사이가 금이 간 부부를 지켜보며 아내는 말했고, 여름의 기운이 역력한 이 봄날, 갑자기 거실에 냉기가 돌았다. 아니 어쩌면, 내 뼛속이 서늘해진 걸지도 모른다.

"그렇게 생각해?" 나는 자신 없이 되물었다.

아내는 그렇게 믿었지만, 난 아니었다. 그러니까, 나는 반드시 그럴 거라고는 장담할 수 없었고, 그 의심은 늦은 밤까지 나를 괴롭혔다. 그리고 찾아온 주말은 어머니의 날이었다. 리사는 모드에게 화사한 아이보리색 장미 다발을 선물했다.

그리고 리사는 이름을 알고 있다는 사실을 뽐내며 말했다. "애벌란시* 장미예요."

그리고 그 순간 나는 올리브오일 병을 손에서 놓칠 뻔했

* 'avalanche'는 프랑스어로 '눈사태'를 의미한다.

던 것이다. 실수였다. 아무것도 깨지지 않았고, 유리병도 멀쩡했지만, 내 안에서는 모든 것이 산산조각 났다. 마리나의 심장을 겨누던 화살, 몸을 젖힌 마리나의 무게로 팽팽해진 활, 그리고 반대편으로 몸을 기울인 울라이가 쥐었던 활시위가 나를 강타했다. 화살 끝을 쥐던 그의 손가락 두 개, 땀 때문에 손이 미끄러질까 장갑을 낀 것으로 기억되는 손. 그렇게도 평범한, 아니 2년 전 마리나가 거대한 눈으로 내려다보던 피렌체 중앙시장에서 샀기에 마냥 평범하다고는 볼 수 없는 그 올리브오일 병으로 인해 나는 깊은 고뇌에 빠졌다. 제정신이 아닌 내 머릿속에서는 '너라면 화살을 놓았을 거야'라고 말하는 목소리가 거듭 울려 퍼졌고, 그 전날 봤던 영화로 피어난 의심에 견딜 수 없는 의심이 더해졌다. 나는 내 딸을, 내 아내를 충분히 사랑하는 걸까? 나는 그들을 인생의 눈사태에 맞서 지켜왔나? 나는 두려웠다. 대답은 곧 질문의 불행이라는 말을 내가 어디서 읽었더라?

　과장하는 것은 내 특징 중 하나다. 모드는 그것을 자주 지적하곤 했다. 하지만 정말로 인생은 너무 빠르게 흘러갔고, 나는 중요한 순간들을 제대로 붙잡지도 못한 채 지나쳐버렸다. 리사를 안아주고, 아이에게 이야기를 들려주고, 커가는 것을 도와주며, 또 성장하는 모습을 지켜보는 것, 시간 낭비한다는 생각 없이 딸과 함께 시간을 보내는 것, 이 모든 것을 놓쳐버렸다. 더는 딸을 등에 업을 수도, 해변에서 딸아이의 손을 잡고 파도를 향해 숨 가쁘게 뛰어갈 수도 없다. 나는 아이의 어린 시절을 놓쳐버렸고, 내가 아이에게 필요한 말들을 해주었다 해도, 기억나지 않았다. 이따금 끔찍한 장면들이 나를 괴롭혔다. 나는 어린아이 특유의 고집스러운 눈빛을 하고 있던, 네 살, 많아야 다섯 살 정도 된 어린 리사를 역 플랫폼에 두고 오거나, 혼자 기차를 태워 보내고 왔다는 사실도 인지하지 못한 채 볼일을 보러 갔다. 며칠 전 모드가 리사가 어릴 때 황달을 앓았었다고 이야기했을 땐, 식은땀이 쏟아지기도 했다. 아무리 기억을 더듬어보아도 기억나지 않았고, 나는 나 자신이 딸의 피겨스케이팅을 향한 열정에 완전히 무심했던 「섬웨어」의 주인공같이 느껴졌다.

올리브오일 사건이 있고 얼마 지나지 않아서, 나는 거실에 앉아 텔레비전을 켜두고 있었다.

"소리도 안 켜고 보는 거야?" 모드가 물었다.

"꼭 켜야 해?"

"마음대로 해."

"이대로가 좋은데."

"나는….."

"나는 뭐?"

모드는 머뭇거렸다.

"살아남았으면 좋겠어."

"바이러스로부터?"

"아니, 그건 뭐, 백신이 언젠간 나오겠지."

"그럼 뭐로부터 살아남았으면 좋겠다는 거야?"

"그냥 살아남았으면 좋겠어. 이겨낼 수 있으면 좋겠다는 거야. 구원 같은 거. 모르겠어."

"구원? 우리가 뭘 잘못하기라도 했다는 거야?"

"나도 내가 무슨 말을 하고 싶은지 모르겠어. 우리가 우리 주위의 모든 것들을 나아지게 하기 위해 스스로 무엇을 할 수 있을지 생각해 봐야 할 것 같아."

"신을 믿는 건 어떨까요?" 막 소파에 와서 앉은 리사가 헤드폰을 목에 걸고 물었다.

제네뢰 케이크가 머릿속에 떠올랐다. 이웃들에게 나누어 주지 못한 수십 개의 케이크들, 내가 놓쳐버린 기회들처럼.

그동안 텔레비전에는 이탈리아 베르가모에 쌓인 셀 수 없이 많은 관들이 나왔다. 하늘로 올라가지 못하고 도시를 방황하는 영혼들이었다. 그리고 베르가모의 유력 일간지 〈레코 디 베르가모〉가 묘지 구실을 했다. (나는 '베르가모의 bergamasque'라는 단어에 '마스크'가 들어 있음을 불길한 전조처럼 느꼈다.) 부고 기사로 가득 찬 페이지들을 보니 말문이 막혔다. 뉴스 해설자들은 평소라면 전날의 부고란은 양면이면 충분했다고 설명했다. 하루하루의 슬픔은 그날로 족했던 것이다. 그러나 롬바르디아에 바이러스 폭격이 시작된 이후, 사람들은 봄의 낙엽처럼 우수수 죽어갔다. 적당한 때라는 건 더 이상 없었다. 그들을 묻어줄 시간도, 공간도 없었다. 신문에도 그들의 이름을 실을 자리가 없었다. 리사는 다시 헤드폰을 쓰고 리듬이 강하고 시끄러운 음악을 들었다. 그때 내 눈앞에는 텔레비전 화면 대신 또 다른 이미지들이 뒤죽박죽 몰려왔다. 뼈 더미에 올라가 자신 위에, 자신의 배 위에 등을 대고 누운 해골에 숨을 불어 넣으려는 마리나 A. 죽은 자를 향한 산 자의 절박한 몸짓이었다. 마치 죽는 연습을, 시대의 잔혹성에 적응하는 훈련을 하는 듯한. 나는 생각했다. 어쩌면 그녀는, 정확히는 아니더라도, 은연중에라도, 미리 알고 있었을지도 모른다고. 중국의 만리장성에서부터 방콕의 어느 궁전 계단에 이르기까지, 몇십 년 전부터 이 시대의 가장 끔찍한 국면들을 기록하고 있던 것이 아닐까. 그리고 그것을 피렌체에서, 그 누구보다도 먼저 나에게 보여준 것은 아닐까. 그것도 까막눈인 나에게.

모드는 필라테스를 하러 정원으로 나갔다. 나는 필라테스라는 단어를 들으면 이유 모를 반감이 느껴졌다. 필라테스는 몸에 좋은 스트레칭, 자세, 몸짓을 이용하는 부드러운 체조로 전 세계적으로 권장된다. 나는 필라테스의 창시자 요제프 필라테스를 잘 알지 못하지만, 모드가 요가 매트를 말아 팔에 끼우고 거실을 지나갈 때마다 예수의 운명에 등 돌리고 손을 씻는 본디오 빌라도의 페플로스*가 떠올랐다. 그 우스꽝스러운 광경을 볼 때면 웃음이 살짝 새어 나왔다. 한편 뉴스 채널에서는 우리 인간들, 그러니까 불쌍한 죄인들이자 무책임한 쾌락주의자들인 이들의 책임에 대한 토론이 시작됐고, 어떤 이들은 이 재앙이 자본주의에 대한 대가에 더해진 하늘과 땅의 벌이라고 말했다. 너무 과했다. 나는 소리를 줄일 게 아니라 아예 텔레비전을 꺼버려야겠다고 생각했다. 나는 이런 형편없는 메시아주의보다는 침묵, 내 안의

---

* 고대 그리스 시대에 몸에 둘러 입던 주름 잡힌 긴 옷.

침묵에 귀 기울이고 싶었다. 비록 혼자 있는 것이 나에게 별위안이 되지 않는다고 생각하곤 했지만, 이런 말도 안 되는 소리를 듣고 있자니 차라리 외로운 게 나았다. 나는 불면증 환자가 양을 세듯, 세상을 떠나버린 내 주변인들의 수를 세기 시작했다. 한둘이 아니었다.

14

또 다른 시대가 시작됐다. 그저 스쳐가는 시간들일지도 모르지만, 누가 알겠는가? 몇 년 전부터, 나는 내가 사는 교외 마을의 철로 뒤편에 있는 아케이드 시장에서 장을 보곤 했다. 정해진 날에만 열리는, 단골을 만들기 위해 재치와 입담으로 경쟁하는 인정 넘치는 소규모 시장이었다. 그곳에는 내가 자주 가는 단골 가게도, 나의 친구들도 있었다. 과일 가게 시릴과는 정치와 축구 이야기를 나누는 사이다. 알제리인 특유의 미소와 긴 눈을 지닌 우리아라는 젊은 여자는 잘 익은 과일과 제철 채소를 골라주었다. 대머리 치즈 상인(올리브를 파는 상인도 대머리였다)의 진열대에는 톰 오 플뢰르*부터 타임이 올라간 염소치즈, 숙성된 미몰레트까지 다양한 프랑스 전통 치즈가 가득했고 올리브의 상인에게 찾아가면 캐슈너트나 타라마**, 타프나드***를 구할 수도 있었다. 각종 상을 받은, 곡식을 먹고 자란 닭을 파는 상인도 있었다.

시장이 문을 닫기 전 주, 언제 끝날지 모르는 긴 여정을 앞두고 소중한 사람들에게 작별 인사라도 하고 싶은 마음에 시장으로 갔다. 나는 토요일 아침 일찍 도착했다. 평화로웠던 나날들의, 근심거리를 나누던 왁자지껄하는 소리는 들리지 않았다. 목청을 높여 송아지 머리를 팔던 중앙 통로의 정육점 주인 목소리도 들리지 않았다. 모두 함께 한마디도 하지 않기로 합심한 듯, 속닥이는 소리만 겨우 들렸다. 마치 소리를 내면 불행이라도 찾아올 것처럼. 통로도 모두 휑했다. 이미 두려움, 그러니까 타인에 대한 두려움에 잡아먹힌 모습이었다. 포르투갈 출신의 꽃 장수나 쿠스쿠스 상인, 그리고 헌책이나 오래된 삽화를 싸게 팔던 가판대는 문을 열

---

* 들꽃이 올라가 있는 톰 치즈.

** 생선 알을 베이스로 만든 소스.

*** 프랑스 남동부 프로방스 지역에서 유래된 요리로 블랙 올리브, 케이퍼 등이 들어간 빵에 발라 먹는 양념.

지도 않았다. 과일을 파는 친구들에게 찾아갔을 때, 나는 가슴이 철렁했다. 위험이 엄습하는 듯한 초침 소리가 분명하게 들렸다. 아, 심각한 일은 아니었다. 정말 별일 아니었다. 그러니까 모든 진열대가 크리스토*의 포장 예술처럼 투명한 커튼 같은 것에 칭칭 싸여 있었다. 그것은 주방용 랩과 비슷했지만, 훨씬 더 두껍고 단단했다. 플라스틱 벽 너머로 시릴의 금발과 우리아의 검은 머리카락이 보였다. 면역 체계가 무너진 환자들을 치명적인 세균으로부터 보호하는 병원의 무균실을 제외하면 그런 비현실적인 감각은 처음이었다. 동남아에서 비행기를 타고 날아오는(그때까지만 해도 가능했다) 살구와 망고 중 가장 상태가 좋은 놈들을 정성스레 골라주던 우리아에게서, 나는 나약함을 보았다. 내 앞에 있는 사람은 우리아가 맞았지만, 더는 그녀가 아니었다. 불분명한 경계, 보이지 않는 장벽처럼 우리를 가로막은 주름진 투명 막 너머로 그녀의 눈빛이, 희미한 실루엣이, 비닐에 갇힌 미소가 보였다. 그녀는 꼭 필요한 말만 했다. 토마토는, 오렌지는, 사과는 몇 개 필요해요? 아보카도는 언제 필요하세요? 우리는 농담을 주고받지도 않았고, 나는 그녀의 새로운

* 크리스토(Christo, 1935~2020). 건물이나 다리, 자연물을 천이나 비닐로 감싸는 '포장 예술'로 유명한 불가리아 출신 설치미술가.

171

헤어스타일을 칭찬하지도 않았다. 하기야 또 다른 바이러스로 인해 남자가 여자의 아름다움을 칭찬하는 것도 조심스러워진 터였다. 그리고 그녀가 가푸대 끝으로 다가와, 마침내 가림막 없이 드러난 얼굴로 봉지를 건네주었을 때(인사로 뺨을 내밀지는 않았다), 나는 더 꾸물대지 않고 자리를 떴다. 나조차도 놀랄 정도로 무의식적으로 나오는 반사적 거리 두기로 인해 그녀를 제대로 쳐다볼 엄두도 못 냈다. 볼인사를 나누지도, 그녀의 어깨를 가볍게 감싸며 포옹을 건네지도 못했다. 세월과 함께 익숙해진, 친밀함과 애정의 표현인, 이제는 금지된 그 행위들을 더는 못 한다는 사실에 가슴이 아팠다. 삶에 날카로운 모서리가 생겼다. 나는 내가 보고 싶던 것을 보았고, 이미 안다고 믿던 것들을 비로소 이해하게 되었다. 우리아는 불확실성 속에서 떠돌았다. 그녀는 등장하는 동시에 이미 사라지고 없었다. 참아왔던 불쾌감이나 갑작스러운 불신의 베일이 우리 눈 위에 씌워진 것이 아니라면, 분명 어떤 안개가 우리 사이를 갈라놓고 있었다. 우리는 나약한 존재였다. 나는 결코 우리아가 될 수 없고, 그녀도 결코 내가 될 수 없다. 서로를 지키기 위해서는 거리를 두어야만 했다. 얼마 전 라디오의 여성이 언급했던 레비나스의 "먼저 가세요"가 떠올랐다. 1킬로그램의 토마토와 세 가닥

의 파슬리를 사이에 두고 느껴지는 서로의 나약함과 우리의
처지에 가슴이 아렸다.

　시장이 닫힌 뒤 며칠 동안, 나는 철로 위를 가로지르는 육
교를 걸어 다니며 시장 주변을 여러 번 배회했다. 무엇을 찾
아 헤맸는지 모르겠다. 여기저기 붙은 벽보들이 "서로를 보
호합시다"라며 주의를 당부했는데, 이 문구는 간혹 "서로
로부터 스스로를 보호합시다"라고 읽히곤 했다. 닫힌 철문
틈새로 보이는 시장은 마치 그림자극 무대 같았고, 고요한
침묵에 잠겨 있었다. 이번에는 내가 헤드폰을 쓴 것만 같았
다. 모조 보석상을 포함한 가판대 몇 개는 완벽하게 비워져
있지 않았다. 거울 하나와 목걸이 몇 개, 그리고 미래에 대한
희망이 남아 있었다. 여전히 치즈 가게에서는 치즈 냄새가,
생선 가게에서는 생선 냄새가 풍겼다. 부재는 우리아의 흔
들리는 얼굴을 닮아 있었다. 어느 날 아침, 나는 분명히 그녀
를 본 것 같았고, 나를 부르는 그녀의 목소리를 들은 것 같았
다. 나는 겁이 났다. 그녀가 바이러스로 죽은 것일까? 고인
을 향한 의식을 제대로 치러주지 않으면 이 세상을 떠나지
못하고 우리 근처를 떠돌게 된다는 랍비의 예언처럼, 유령
이 되어버린 것인가? 교외선 열차도 운행을 멈추었다. 나는

그렇게 죽음과 같은 정적을 뒤로하고 발길을 돌렸다.

15

어느 날 아침 식사 도중, 리사가 와서 앉았다. 흔하지 않은 일이었다. 평소에는 부엌에서 쟁반에 음식을 담아 음악 소리가 웅웅대는 방으로 들어가곤 했다. 나는 딸에게 헤드폰으로 무슨 음악을 듣고 있냐고 물었다. 리사는 테이블을 빙 돌아와 헤드셋을 내 귀에 살포시 올려주었다. 비전형적인 템포의, 가끔씩 사람들의 목소리가 나오는 연주곡이었다. 첼로와 가창, 고음과 저음이 섞여 있었다.

"제가 작곡한 거예요." 리사가 약간 발그레한 얼굴로 말했다.

"네가?"

딸은 말없이 끄떡였다. 나는 미소를 지어 보이고 더욱 집중해서 들었다. 내가 헤드폰을 들려주자, 리사는 내 맞은편 자리에 앉았다.

"저는 사람들에게 위로가 되는 소리를 찾고 싶어요." 리사가 버터 바른 빵을 크게 베어 물며 말했다.

그날 아침, 나는 거실 한가운데에서 아무것도 하지 않은 채 있었다. 현기증은 잦아들고 있었지만 고개를 옆으로 돌릴 수는 없었다. 그러면 시야가 또다시 흔들렸다. 그 '흔들리다tanguer'라는 단어가 나를 이탈리아로 데려갔고, 이 순간에 어울리는 표현을 떠올리게 했다. '나를 만지지 마라Noli me tangere'라는 라틴어 표현. 나는 '흔들리다'와 '서로 닿다' 사이에 어떤 연관성이 있을지 생각했다. 방 안에서 소리로 다른 이들과 닿으려 애쓰는 리사의 모습을 떠올렸다. 그렇게 낯설게 떠도는 생각의 굴곡 속에서 10여 년 전의 기억하나가 불현듯 되살아났다. 나는 코펜하겐에서 "길이 험난한 것이 아니다. 험난한 것이 곧 길이다"라는 명언의 주인인 쇠렌 키르케고르에 관한 세미나를 듣는 모드를 만나러 가야 했다. 모드의 일정은 금요일 오후에 끝날 예정이었다. 마침 주중에 릴에서 어린 여자아이의 까다로운 수술이 연달아 잡혀 있었기에, 내가 릴에서 비행기를 타고 코펜하겐으로 가기로 했다. 주말을 그곳에서 보내고, 일요일 저녁에 파리로 돌아올 계획이었다. 장모님이 리사를 봐주기로 했다. 때는 2010년 4월 중순, 이미 찾아온 봄날의 맑은 날씨를 누릴 참이었다. 그때의 기억을 떠올리게 한 것은 바로 그 '나를 만지지 마라'라는 문구였다. 어쩌면 바이러스로 인해 우리 일상에 자리 잡은 멈춤 상태 때문이었는지도 모른다. 비행기는 릴에서 이륙하지 못했다. 다른 해결책이 없었기에, 모드는 일주일 동안 코펜하겐에서 발이 묶인 채 기다려야만 했다. 라디오에서는 세계에서 가장 큰 공항인 히드로 공항의 모든 항공편이 중단되었다는 소식이 들렸다. 10여 킬로미터 길이의 검고 긴 연기 기둥이 하늘을 뒤덮었다. 아이러니하게도, 빙하 아래 잠자던 아이슬란드의 화산이 상반되는 것들의 공존을 상징하듯 갑자기 폭발한 것이다. 그리고 자연의 선의에 내맡겨진 채 끊긴 하늘길에 의존할 수밖에 없던 우리는 그저 기다릴 수밖에 없었다. 모드와 나는 아침저녁으로 통화했지만, 만지지도 못하고 멀리서, 어떤 몸짓도 없이 오로지 말로만 서로에게 닿을 수 있었다. 그때, 나는 우리가 서로를 그리워하고 있음을 느꼈다.

그 아이슬란드 화산 폭발 사건은 우리에게 여러 신호를

보냈지만, 하늘의 먼지가 모두 걷히자 우리는 그 신호들을 거들떠보지도 않았다. 그 갑작스러운 자연재해와 그로 인한 항공 대란이 우리에게 시간에 대한 관념을 재고해 볼 것을 권했음에도 말이다. 그 먼지구름은 우리의 콧대를 꺾었다. 우리는 우리일 뿐이었다. 그저 지구에 잠시 들른 손님일 뿐. 한편 지구는 비행기를 타고 높이 올라 어디론가 빠르게 날아가고자 하는 우리의 꿈을 제멋대로 앗아가 버렸다. 세상은 확연히 느려졌었다. 마치 화산 위에서 태평하게 춤추는 듯한 인류의 모습이 나를 사로잡았다. 저명한 철학자는 웃으며 말했다. "인간은 오로지 자기 자신만을 만날 운명이 아니다. 그것이 꼭 나쁜 소식은 아니다." 우리는 이제 우리 안에 아이슬란드를 조금씩 간직하게 될 테고, 세계화에 관한 여러 저술에서 언급된 그 유명한 '나비효과'를 어렴풋이 체감했다고 느꼈다. 화산 분출은 시간의 감각을 혼란스럽게 만들었다. 느린가, 아니면 빠른가? 시간은 초 단위로 쪼개졌고, 일을 할 때에도 초 단위로 시간을 계산한다. 만보계로 걸음 수를 세고, 손목에 찬 스마트워치로 심박수를 계산한다. 우리는 말하지 않아도 안다. 아무리 성급함이 천 번 쌓여도 결코 느림이 되지 않는다는 것을. 모든 것이 점점 더 빨라지고 있었다. 아무도 시간을 내지도 않았고, 자기 속도대로 천

천히 하려 하지도 않았고, '자기 안의 거북이'를 깨울 생각을
하지 못했다. 이후 비행기 운항은 재개되었고, 삶도 제자리
를, 이전의 광적이고 분주하며 숨 막히는 속도를 되찾았다.
마치 아무 일도 없었다는 듯이. 화산재 구름도, 적막한 하늘
도, 느림도, 멀리 떨어져 있었다는 사실도, 발음하기 어려운
화산의 이름마저도 모두 잊혔다. 모드는 파리로 돌아왔다.
우리는 다시 만났고, 일상은 달라진 것 없이 그대로였다. 코
펜하겐에서 리스본, 세비야, 피렌체로 목적지만을 바꿔가
며 우리만의 일탈을 계속해 나갔다. 피렌체의 스트로치 궁
전의 미로 같은 전시 공간에서 스크린 하나가 내게 마리나
A의 형상을 드러내 보였다. 그녀는 해변에 온몸을 길게 뉘
었고, 파도는 간헐적으로 그녀의 얼굴을 덮치고 있었다. 다
른 영상 속에서 그녀는 검은 화산암에 혀를 문질렀다. 그 옆
에는 이렇게 적혀 있었다. '스트롬볼리 화산, 2002.' 기념품
점에서는 이 두 장면이 흑백 엽서로 팔리고 있었는데, 코펜
하겐의 한 미술관에서 제작한 것이었다. 당연하지만, 그저
우연일 뿐이었다.

16

최대 100킬로미터 반경 내 이동이 허가되자, 새로운 풍경을 간절히 바라던 모드는 계속해서 주변 지역 지도를 들여다보았다. 나도 모드의 계획이 마음에 들었지만, 옆을 보려고 하기만 해도 불쾌함이 느껴지는 경미한 어지럼증이 다시 찾아와 아내가 운전을 해야만 했다. 햇빛이 맹렬하게 내리쬐던 어느 봄날 아침 식사를 다치고, 모드는 리사와 나에게 곧 떠날 것이라고 알렸다. 목적지는 비밀이었다. 공공의 이익이라는 명목 아래 우리가 순응해야만 하는 수칙들을 준수해야 했기에, 집에서 그리 멀지 않은 곳으로 가야 했지만, 모드는 그곳에서 뜻밖의 행복을 찾을 수 있다는 사실에 기뻐했다. 나는 우리가 어디로 가는지도 모른 채 기꺼이 모드를 따라갔다. 몇 달간의 칩거 생활에도 전원 풍경에 대한 애정은 사라지기는커녕 오히려 더 커졌다. 국도를 따라 커다란 나무들이 줄지어 있는 시골 풍경이 아름다웠다. 그리웠다. 무르익어 가는 밀과 한가로운 암소들이 가득한 연둣빛 풀밭, 숲속으로 사라지는 녹음이 우거진 오솔길. 그리고 들판과 골짜기를 가로지르는 이 소박하고 좁은 아스팔트 도로. 도랑의 풀은 무성하게 자라 있었고, 몇 주째 창고에 방치된 예초기 덕분에 자연은 다시 제자리를 찾고 있었다. 모드는 헤드폰을 쓰지 않았다. 대신에 롤링 스톤스 리메이크 곡을 흥얼거렸고, 음악과 햇살이 흐르는 그 순간, 미지의 세계를 향해 즐겁게 질주하는 차 안에 생명력이 다시 차오르는 것만 같았다.

우거진 나뭇잎 사이로 반짝거리는 햇빛을 눈에 가득 담으며 한 시간가량 달린 끝에, 우리는 구부러진 수양버들 가지들이 잠긴 작은 하천 가 공터에 차를 세웠다. 모드는 함박웃음을 지어 보였다. 목적지에 도착했고, 남은 길은 걸어서 갔다. 나는 포르루아얄데샹*은 처음이었다.

* 프랑스 파리 남서쪽 슈브뢰즈 골짜기에 있던 과거 시토 수도회의 여자 수도원.

"맘에 들어?" 모드가 물었다.

"최고야." 나는 웃으며 답했다.

향기롭고 맑은 바람이 불어왔다. 길을 따라 걷다 보니, 살아 있는 거대한 그림 같은 풍경이 펼쳐졌다. 저 멀리 비둘기집*의 뾰족한 지붕과 아직까지 버젓이 남아 있는, 한때 신에게 영광을 돌리기 위해 하늘 높이 지었던 거대한 석조 건축물의 유적이 보였다. 그 옆에는 회랑과 수도자 회의실, 그리고 식당이 있었다. 이 공간들을 보고 있자니 매 순간 신앙과 열정으로 고행의 길을 걷던, 검은색과 하얀색 옷을 입은 어린 수녀들을 상상하지 않을 수 없었다. 묵상을 하러 온 몇몇 무리들은 기도실, 그리고 폭포 소리와 커다란 벌통으로 가득 찬 약초 정원 주변으로 여기저기 흩어져 있었다. 예초기를 단 경운기는 높게 자란 잡초를 베어냈다. 피카소의 작업실에서 방금 걸어 나온 듯한, 커피콩처럼 가로로 길쭉한 동공에 통통한 배를 지닌 염소는 고요히 풀을 뜯었고, 등에 검은 예루살렘 십자가가 그려진 나귀는 우리를 담담하게 바라보았다. 모드와 나를 따라오는 동안 한 번도 좋은 내색을 한 적이 없던(그렇다고 싫은 내색을 한 것도 아니다) 리사는

* 프랑스 전통 건축물로, 비둘기를 사육하기 위해 지은 작은 탑이나 건물. 흔히 원형이나 네모난 형태에 뾰족한 지붕을 얹은 구조다.

182

나귀에게 다가가더니 무릎을 꿇고 앉아 나귀의 관심을 끌었다. 나귀는 고개를 숙였고, 그 모습을 보니 모드가 스트로치 궁전에서 구입해 서재 벽에 걸어둔 사진이 떠올랐다. '당나귀와의 대면'이라는 제목의 퍼포먼스 사진이었는데, 검고 긴 드레스를 입은 마리나 A는 등을 꼿꼿이 세우고 무릎을 꿇고 앉아 허벅지에 두 손을 올린 채 그녀와 같이 침울한 표정을 하고 움직이지 않는 나귀를 바라본다. 그 사진 속에는 최면을 거는 무언가가 있었다. 둘의 침묵 속 대화는 인간과 동물 간 대화의 가능성이나, 서로의 눈높이를 맞추었을 때 피어나는 감정을 비롯해 많은 것을 말했다. 언젠가 마리나는 이 나귀의 눈을, 아이섀도를 칠한 듯 눈 가장자리가 진한 나귀의 눈을 바라보면, 본인의 삶이, 그동안의 기쁨과 슬픔이 모두 스쳐 지나간다고 고백했었다. 더 캐물을 수 없게 만드는 의미심장한 목소리로, 모드는 그녀가 무엇을 말하고 싶었는지 잘 알겠다고 속삭였었다. 마리나의 웹사이트에는 그 퍼포먼스 제목이 '고백'으로 바뀌어 있었고, 그 아래 이렇게 설명이 적혀 있었다. "이 영상은 내가 내 생애 모든 잘못을, 어린 시절부터 지금까지의 잘못을, 나귀에게 고백하는 모습을 담았다." 모드는 이를 이해한 것일까? 등에 십자가가 새겨진 동물의 결백한 눈빛 속에서 모든 짐을 내려놓고 싶은 욕망을?

벌통들 옆에 펼쳐진 채소밭을 따라 걸으며 꿀벌고추라고도 불리는 멜리사*를 딴 후, 우리는 차를 세워둔 곳으로 다시 걸어갔다. 불어오는 신선한 바람에 기분이 좋았다. 리사는 염소와 당나귀를 위해 잠시 넣어둔 헤드폰을 다시 썼지만, 표정은 환하게 빛났다. 막 포르루아얄을 떠나려던 참에 우리의 눈길을 끄는 성소가 나타났다. 땅을 파 만든 반원형 공간, 둥글게 솟아오른 계단이 작은 원형극장 같은 형태를 이루고 있었다.

"솔리튀드**예요." 지나가던 산책객이 말했다.

"솔리튀드요?"

"네, 여기가 솔리튀드 길이에요."

그는 가던 길을 갔고, 모드는 수풀 사이로 반쯤 가려진 팻말을 가리켰다. 엄격한 수도원 생활을 하던 수녀들은 매일 이곳에 모여 신세 한탄을 했는데, 그 외 다른 장소에서는 침묵을 지켜야만 했다고 적혀 있었다. 십자가 아래에서 나무

---

* 레몬밤이라고도 불리는 꿀풀과의 여러해살이풀. 멜리사는 그리스어로 '꿀벌'이라는 뜻.

** '솔리튀드solitude'는 프랑스어로 '고독'이라는 의미이다.

들을 배경으로, 수녀들이 마치 야회라도 하듯 활 모양 대형으로 앉은 모습이 담긴 오래된 판화도 걸려 있었다. 우리는 말없이 그곳을 떠났다. 모드가 다시 운전대를 잡았고, 리사의 헤드폰에서는 일렉트로닉 음악이 흘러나왔다. 나는 함께하기 위해 홀로 있기를 선택하고 고독의 공동체를 형성한 포르루아얄데샹의 수녀들이 바로 마리나 A보다 한참 전에 등장한, 역사상 최초의 퍼포머들이 아닐까 생각했다.

그다음 날, 〈르몽드〉의 짧은 기사가(어지럼증 때문에 긴 글은 읽기 힘들었다) 내 시선을 끌었다. 백인 선원에게 강간당해 생긴 아이를 출산한 후, 1802년 나폴레옹 보나파르트에게 처형당한 과들루프 출신의 여성 노예 이름을 딴 정원이 파리 17구에 곧 개장한다는 소식이었다. 목숨을 걸고 공화국 편에 선 이 투사의 동상이, 지금은 사라진 대문호 알렉상드르의 아버지이자 최초의 프랑스군 혼혈 장교였던 뒤마 장군의 동상이 있던 자리에 조만간 세워질 예정이었다. 기사에 따르면 독일 점령 당시 흑인 혁명가를 배척하던 나치 정권은 이 카리브해 출신 아프리카계 프랑스 장군의 동상을 녹여 없앴고, 이후 제4공화국도 제5공화국도 이 동상을 다시 세울 용기, 아니 그런 의지조차 없었다. 이 흑인 여성의 동상 건립 소식이 나에게 특별히 와닿은 이유는 바로 그녀의 이름 때문이었다. 그녀의 이름은 솔리튀드였다.

17

모드는 스카이프를 이용해 그랑제콜 입시반 학생들에게
철학을 가르쳤다. 반쯤 열린 서재 문 사이로 모드의 목소리
가 들렸다. 나는 소파에 누워 눈을 반쯤 감고, 이따금씩 들려
오는 문장들, 그리고 그에 관련된 이름들을 가만히 듣고 있
었다. 『자발적 복종』의 저자 라 보에시("복종을 멈추는 순
간, 당신은 자유로워진다")와 무지한 내가 매번 모드에게
덴마크 팀 골키퍼 아니냐며 피식대던, 모드가 좋아하는 철
학자 키르케고르와 같은 이름들이 들려왔다. 나는 똑같은
농담을 몇 년째 반복했는데, 그때마다 모드는 똑같이 웃었
다. 적어도 겉으로는, 나에 대한 사랑을 보여주는 기분 좋은
증거였다. 여느 날과 다름없던 오후, 거실 반대편에서 모드

가 수업하는 소리가 들려왔고(어드거 앨런 포의 「도둑맞은 편지」, 그리고 그 편지처럼 우리 눈에 보이지 않는 진실에 관한 내용이었다), 나는 문득 휴대폰을 집어 들어 연락처 목록을 살피기 시작했다. 그런데 어떻게 이제 만나지 않는 사람들을 접촉* 목록에 넣어둘 수 있는가? 그날 오후 나는 알파벳 순서대로 나열된 연락처 목록을 스크롤하다 'A' 목록에서 멈췄다. 거기에서 마리나의 이름을 찾게 되리라 기대했다. 그러나 인생은 결코 소중한 존재들을 나열한 목록 따위가 아니었다. 인생은 우리가 맺어온 우정과 유대, 그리고 시간의 흐름에 따라, 혹은 그 흐름에 맞서 간직해 온 애착에 달려 있는 것이었다. 나는 휴대폰을 내려놓았다. 생각해 보니 어머니 말고는 그 누구에게도 먼저 연락하지 않았다. 바이러스 사태가 아닌, 나의 소홀함 탓이었다. 다른 한편으로, 나는 이렇게까지 많은 것이 변화하는 시기라면, 정말 새로운 시대가 시작된 것이라면 이에 새로운 이름을 붙여야 하는 게 아닐까 생각했다. 기원 전후를 구분하는 것처럼 이젠 '코로나19 이전'이라고 불러야 하지 않을까.

* 프랑스어로 contact는 '접촉'과 '연락처' 두 가지 의미를 지닌다.

연락처를 굳이 뒤지지 않아도 육체의 격리 이후 내 친구 두 명이 스스로 목숨을 끊었다는 것을 알게 되었다. 첫 번째 친구는 더는 살고 싶지 않았기 때문이었고, 두 번째 친구는 죽고 싶었기 때문이었다. 결과는 같더라도, 결코 같지 않았다. 나는 그 비극들을 한 사람은 그의 아버지를 통해, 다른 한 사람은 그의 형을 통해 전해 들었다. 그들은 힘들어했지만, 나는 아무것도 눈치채지 못했다. 그런데 사실상 내가 아는 게 무엇인가? 관계는 예전부터 이미 소원해졌다. 우리는 여전히 정말로 친구였을까? 얼굴에 잠깐 스친 불안, 침묵, 툭 던진 말, 불행하다고 새어 나온 문장에서 서로의 고통을 감지해 경고해 줄 수 있는 그런 친구였을까? 연락도, 그 어떤 소식도 전하지 않은 지(물론 받은 연락도 없다) 몇 달이나 되었던가? 나는 그들을 외면한 것이 아니다. 흘러가는 세월에 내맡겼을 뿐. 거실에서 존재에 대한 나의 어두운 상념을 곱씹는 대신, 리사의 말을 한 귀로 흘리며 딸을 헤드폰 속에 가두는 대신, 전화 한 통 하는 게 뭐가 그렇게 어려웠을까? 이틀 연속 나는 무슨 말을 해야 할지도 모르는 채, 그저 목소리를 듣고 내가 늘 그들을 생각하고 있다는 것을 일러 주고자 힘들게 지내는 친구들에게 전화를 돌리기 시작했다. 몇은 매우 감동했다. 다른 몇은 깜짝 놀랐는데, 내가 그동안

한 번도 전화한 적이 없으니 당연했다. 그러다 병원의 옛 동료에게 전화를 걸었는데, 그제야 우리 사이가 예전에 틀어졌다는 사실이 떠올랐다. 너무나도 살갑게 전화를 받아 우리가 왜 싸웠었는지조차 떠올리지 못했다. 어느 날 저녁 문득 기억이 났는데, 그 친구가 모드에게 심하게 치근덕거린 탓이었다.

연락처 목록에서 이름 하나가 보이지 않았다. 폴 루아즐뢰르. 희미해진 기억을 샅샅이 파헤치다 갑자기 생각난 이름이었다. 루아즐뢰르와 나는 잘 아는 사이는 아니었지만, 그가 1년에 서너 번 집 뒤편 잔디밭에 회전목마를 설치할 때마다 손 인사를 주고받았다. 리사가 걷기 시작할 무렵, 나는 리사를 낡은 회전목마에 태워주었다. 오래된 옛날 노래에 맞춰 천천히 돌아가는 목마였다. 루아즐뢰르는 그 자체로 즐거운 사람이었다. 상황이 좋았을 때 그는 과자를 파는 오두막집과 복권 판매대, 사격장을 함께 설치해 아버지에게서 물려받은 회전목마의 유지 비용을 충당하곤 했다. 통나무를 도끼로 내려찍은 듯 시원한 미소와 이삿짐 센터 직원같이 떡 벌어진 어깨를 가진 거구의(이것저것 조립하고 분해하려면 그 정도 체격이 필요하다) 호인이었다. 그런데 전염병이 퍼지기 몇 주 전, 평소라면 루아즐뢰르의 도착을 알리듯 형형색색 천막과 천막 기둥들로 채워졌을 잔디밭이 휑했다. 그는 봄이 다 지나도록 보이지 않았다. 나는 우연히 그가 건강이 좋지 않아 병원에 가게 되었고, 다리에 큰 병이 생겨 걷지도 못하고 있다는 소식을 들었다. 내가 들은 건 거기까지였고, 왜 그에게 전화번호를 묻지 않았을까 후회했다. 루아즐뢰르는 리사를 아껴주었다. 리사에게 공짜로 놀게 해주겠다고 우기는 바람에 당황스러웠던 적도 있었다. 하루는, 회전목마의 말들을 해체하고 떠날 준비를 하는 루아즐뢰르를 보며 딸이 눈물을 터뜨렸었다. 또 한번은, 줄무늬 덮개를 보며 왜 회전목마가 잠옷을 입고 있냐고 묻던 딸의 질문에 그가 안경에 김이 서리도록 웃기도 했다. 그는 어른이 되어서도 유년기의 왕국을 떠나지 않은, 마음 따뜻한 거인이었다. 그는 나에게 자신의 아버지 루스코가 전쟁 이전에 경매를 통해 이 회전목마를 구입한 이야기를 들려주었다. 그 당시에는 파토갸스라는 이름의 진짜 말이 회전목마를 운전했는데, 파토갸스가 중앙 기둥과 회전하는 부분 사이를 빠르게 걸으면 회전하는 부분에 있던 나무 판이 들려 올라가며 말에게 길을 열어주는 구조였다고 했다. 파토갸스는 호루라기를 불면 출발해 어린아이들이 던져주는 사탕을 받아먹고 싶은 유혹을 마다하고 아주 정확히 열네 바퀴를 돌도록 훈련된 말이었다. 파토갸스에게 씌워져 있던 눈가리개와 입마개는 그의 돌발 행동을 일절 차단했다. 시설들이 바뀌고 해가 지나도, 풀밭에 새겨진 말발굽 자국 덕에 회전목마 자리를 찾는 것은 어렵지 않았다. 하지만 현대화가 들이닥치면서 회전 비행 놀이기구와 범퍼카가 등장했고, 놀이기구를 최적의 속도로 가동하는 휘발유 엔진으로 대체된 파토갸스는 자취를 감추고 말았다. 그러나 지구는 멈추지 않고 돌아갔고, 폴 루아즐뢰르가 관리하던 회전목마 역시 그러했다. 개구쟁이 꼬마들이 아버지가 되어 자신의 아이들을 소중한 목마에 태우는 모습을 바라보는 것이 그의 보람이었다.

그날 오후, 나는 회전목마가 돌아가는 소리를 들은 것만 같았다. 환청이었을까? 나는 밖으로 나가 잔디밭으로 걸어갔다. 실제로 천막 하나가 세워져 있었는데, 루아즐뢰르의 것보다 휘황찬란했다. 약간 실망한 나는 노점상에게 루아즐뢰르의 소식을 물었다. 이가 듬성듬성 빠진, 루아즐뢰르와 연배가 비슷한 인상 좋은 사람이었다. 그는 우리 사이에 놓인 플라스틱 창 너머로 나를 뚫어지게 쳐다보더니 유감이라는 듯 어깨를 으쓱했다. 그는 몰랐다. 그 역시 시청으로부터 루아즐뢰르가 다리를 심하게 절어 추후 공지가 있을 때까지 자신이 운영을 인계해야 한다는 소식을 전해 들은 참이었다. 나는 우울한 기분으로 돌아왔다. 내가 그의 다리에 신경 쓸 수 있었더라면. 결국 그는, 수십 년 동안 자신에게 웃음과 환호를 건네며 놀이기구를 타던 그 아이들로 이루어진, 여전히 아이 같은 존재가 아니었던가? 어린이들은, 특히 잘 걷지 못하는 어린이들은 내 전문 분야였다. 나는 혼자 숨어버리거나 모드에게 이 모든 사실을 이야기해 주고 싶다는 마음을 안고 무거운 발걸음으로 집으로 돌아왔다.

그런데 마침 모드의 목소리가 들리지 않았다. 내가 잊었던 기억들을 되살리는 데 열중하는 동안 나가버린 것일까? 모드의 서재에서 바흐의 칸타타가 들려왔고, 나는 큰 소리로 외쳤다.

"모드?"

아무런 반응이 없는 걸 보니, 목소리가 조금 작았던 것 같다.

"무슨 일이야?" 내가 한 번 더 부르려던 참에 모드가 대답했다.

"이리 와봐!"

"뭐가 잘 안 돼?" 모드는 손에 차가 담긴 머그를 들고 소파로 걸어오며 걱정하는 투로 물었다.

나는 폴 루아즐뢰르의 이야기는 넣어두고 컵이 들려 있지 않은 모드의 손을 잡아 꽉 쥐었다.

"필요한 거 있어?"

"아니, 아무것도." 나는 답했다.

"뭐야, 롤랑 바르트라도 된 거야?

"그 사람도 키퍼야?" 나는 억지 미소를 지으며 말했다.

"지금 장난치는 거지."

"아니야. 그게 누군데?"

"잠깐만, 무식한 척하지 마. 잘 알잖아, 『신화론』."

"그런데?"

"바르트는 사랑에 관해 굉장히 아름다운 문장을 쓴 사람이야."

"아! 뭐더라?"

"나는 당신에게 아무것도 할 말이 없어요. 하지만 그 없음을 말하는 건 당신에게예요."

나는 입을 삐죽 내밀었다.

"그래?"

나는 처음 예술 활동을 시작했던 때를 이야기하는 마리나를 떠올리기 시작했다. 당시 마리나는 예술가의 상투적인 모습을 벗어던지고 위험한 퍼포먼스에만 전념했다. 처음에 그녀의 어머니는 마리나가 미쳤다고, 딸을 감금해야만 한다고 생각했다. 나였어도 그렇게 생각했을 것 같다. 한편 마리나는 무(無)의 가장자리에서 작품을 세우는 일이 가장 어렵다고 했다. 나는 이 말에 깊은 인상을 받았다. 마리나는 마치 아무것도 아닌 것에 평생을 바친 것처럼 보일 수도 있지만, 그 아무것도 아닌 것은 그 외의 모든 것들에, 사소한 몸짓 하나하나에도(이제는 결코 사소하지 않지만, 호흡과 같이 너무나도 사소한 행위들) 의미를 부여했다. 모드는 나와 맞잡은 손을 빼지 않은 채 내 옆에 조용히 앉아 있었다. 나는 '아무런 할 말이 없다'라는 말이 마리나의 눈빛으로 내게 전해지는 것만 같았다. 서로의 말을 듣고, 서로의 눈을 바라보아야 한다는 필요성. 그래야만 에드거 앨런 포의 벽난로 위에서 도둑맞은 진실도, 오래된 나무 목마 위에 걸터앉아 보이는 진실도 엿볼 수 있을 테니까.

18

나는 힘들어도 움직여야만 했다. 모드는 포르루아얄대상
에서 기분 전환을 하고 돌아온 이후 생기를 되찾았다. 중국
예술가 아이웨이웨이의 표현을 빌리면 '민주주의적 바이러
스'가 한풀 꺾였을 무렵, 모드는 다시 얻은 자유를 즐길 만한
모든 것을 찾아 헤맸다. 그런 이유로, 어느 날 아침 모드는
퐁피두 센터에서 열리는 설치미술가 크리스토의 전시 비공
개 시사회에 함께 가자고 졸랐다. 어떻게 표 두 장을 구했는
지는 알 수 없었다.

"끌리지 않는데?"* 나는 세상에서 가장 진지한 투로 말했

* 'emballer'는 '마음을 사로잡다'와 '포장하다' 두 가지 의미가 있다. 여기
서는 크리스토의 대규모 포장 예술을 빗댄 말장난이다.

고, 모드는 선심 쓰듯 피식 웃었다. 실제로 나는 1980년대에 크리스토가 했던 퐁네프 다리 포장 작업에 아무 감흥을 느끼지 못했고, 프로젝트 시작 며칠 전 갑작스럽게 작가가 사망하여 다시금 주목받은 개선문 포장 프로젝트 역시 관심 밖이었다.

나와 함께 가는 것이 모드에겐 중요한 일인 것 같아 따라갔다. 보부르 광장에 도착하자, 보안상의 이유로 크리스토의 작품을 남들보다 일찍 구석구석 관람할 수 있는 특권층과 거리를 유지해야만 했다. 바닥엔 하얀 줄이 길게 이어져 있었고, 1미터 간격으로 노란색, 레몬색, 주황색, 남색 등 형형색색의 표시선이 그어져 있었다. 첫 번째 선을 밟으면, 민트색 바닥 위에 밝은 글씨로 적힌 피카소의 인용문이 보였다. "예술은 우리를 일상의 먼지로부터 씻어낸다." 나는 이 문장을 보니 조각마다 유명한 속담이나 재치 있는 문구가 들어 있던 어린 시절의 과자가 떠오른다고 모드에게 속삭였다. 모드는 어깨를 으쓱하며 못마땅한 듯한 표정을 지었다.

"당신이 같이 오자며." 나는 모드에게 장난치듯 말했다.

우리는 1미터 더 걸어갔고, 과자 속에 넣기에는 너무 수준 높은 후안 미로의 격언이 적힌 노란색 표시선 위에 섰다. "자유를 얻는다는 것은 단순함을 얻는 것이다." 몇 미터를 더 걸어가 명언 몇 개를 더 지나치니 진노란색 표시선이 마지막으로 입구 앞을 지키고 있었다.

"어머!" 모드가 탄성을 내뱉었다.

"무슨 일이야?" 어지럼증이 도지지 않게끔 시선을 돌리지 않고 앞만 보려고 노력하며 모드에게 물었다.

"읽었어?"

"뭘?"

"지금 발밑에 있는 거. 살짝만 뒤로 가봐."

"어지러운데." 내가 말했다.

"뒤로 가봐, 빨리." 모드는 가끔씩 나오는 명령조로 다시 한번 말했다.

나는 물러섰다.

"예술가는 우상이 되어서는 안 된다." 마리나 아브라모비치. 나는 혹시나 마리나가 퐁피두 센터 광장의 몇 안 되는 행인 사이에서 내 반응을 관찰하고 있지는 않을까 싶어 반사적으로 두리번거렸다. 그런데 갑자기 머리가 심하게 핑핑 돌기 시작했고, 관리인은 우리에게 앞으로 가라는 손짓을 보냈다.

에스컬레이터를 타고 위층으로 올라가자, 크리스토의 작업이 달리 보였다. 마리나는 그녀의 예술 작품 전반에서 우리 살과 뼈의 나약함을 일깨우고자 노력했고, 크리스토는 석조물에 두 번째 피부를 부여했다. 우리를 지켜줄 수 있는 것은 오직 피부뿐이었다. 그런 점에서 '철의 장막' 너머에서 온 불가리아 출신 예술가 크리스토의 작업은 세르비아 출신 아브라모비치의 퍼포먼스와 섬뜩할 만큼 울림을 주는 공명을 이루고 있었다. 파리의 어느 봄날 오후에 사마리텐 백화점의 커다란 통창 너머로 보았던, 금빛 베이지색 천으로 감싼 퐁네프 다리의 옛 모습이 떠올랐다. (크리스토는 소비사회를 떠올리게 하는 포장emballer이라는 단어 대신, '짐을 싸다'라는 뉘앙스를 지닌empaqueter이라는 유목적인 표현을 고집했다.) 퐁네프 다리는 태양 아래 찬란하게 빛났고, 훗날 베를린에서 포장한 독일 의회 건물도 그렇게 반짝였다. 찰나의 순간이었지만 나는 아직도 그 모습을, 붉게 타오르는 그 광채를 기억하는데, 순간적 경험이 영원히 남을 수 있다는 증거였다. 전시를 둘러보다 투명한 필름에 포장된 여성 동상이 담긴 거대한 사진을 발견했다. 그 순간 내게는 크리스토가 마리나 A를, 즉 자신의 몸을 학대하며 어머니의 시선에서 찾지 못한 구원을 타인의 시선 속에서 필사적으로 갈구하던 초기의 마리나를 이렇게 감쌀 수도 있었으리라는 사실이 분명해졌다. 그 반투명한 옷을 입고 눈부시게 빛나는 동상의 이름은 '봄'이었다. 1964년 2월 트로카데로 광장에서의 사진이었는데, 그로부터 13년 후 마리나와 울라이는 검은색 밴을 타고 열여섯 시간에 걸쳐, 연료가 바닥날 때까지 그 광장을 빙빙 돌았다. 울라이는 액셀을 끝까지 밟고, 마리나는 확성기에 대고 바퀴 수를 셌다. 결국 바닥에는 검은 타이어 자국으로 만들어진 텅 빈 원만 남았다. 나도 모르게 아주 부드럽고 감각적인 얇은 천을 마리나 A의 상처 난 육체에 씌우고 빨간 끈으로 고정하는 크리스토의 모습을 상상했다.

퐁피두센터 5층의 통창 너머로 또 다른 형상이 눈앞에 그려졌다. 높은 곳에서 내려다보는 투명한 풍경 속에서 아찔함이 밀려왔다. 광장은 점점 외스틀룬드의 「더 스퀘어」 속 이타주의의 정사각형처럼 보였다. 우상들이 사라지고, 인류가 황색, 적색, 흑색, 백색이 한데 섞인 새로운 피부를 두르게 될 광장이 펼쳐지고 있었다

19

그해 가을, 전염병이 일시적으로 진정되자 나는 모드와 리사와 함께 다시 피렌체로 떠났다. 다양한 음식을 양껏 즐기기 위해 중앙시장을 찾았다. 시간적 여유가 충분했기에 비행기를 타지 않았다. 파리 리옹역에서 출발해 피렌체 산타마리아노벨라역에 도착하는 야간 기차를 타고 열 시간을 달렸다. 우리는 여유롭게 가이드북에서 방문할 곳들을 찾아보거나 이른 새벽에는 창문에 코를 대고 밖을 구경하기도 했다. 피렌체에 도착하기도 전에 피렌체에 가서 할 일들을 이야기하는 것, 그게 즐거웠다. 보티첼리가 기다리는 우피치 미술관도 꼭 방문할 계획이었다. 메디치 가문의 피티 궁전에서 여유롭게 거닐다 지난번 바보같이 놓친 산마르코 수도원 박물관의 프라 안젤리코 작품에 푹 빠질 참이었다. 벌써 겨울바람이 불어오는 11월이었기에, 모드와 리사가 젤라토 가게나 보석 가게, 옷 가게를 돌아다니며 이탈리아 거리가 만드는 우아한 순간들을 찾아다니는 동안, 나는 진득한 초콜릿에 덮인 핫초코를 마시며 고독한 명상을 느긋하게 즐길 생각이었다. 출발 며칠 전, 시청의 신분증 담당 부서에서 내 신규 신분증이 도착했다고 알려왔다. 이전 신분증은 세탁기에 넣는 바람에 산산조각이 났다. 시청 직원은 엄숙한 태도로 플라스틱으로 코팅된 신분증을 건네며 유효기간은 2034년 5월 12일까지라고 일러주었다. 이 뜻밖의 정보는 내 뇌에 이상한 신호를 보냈다. 마치 내 수명이 행정적 절차를 거쳐 아직은 많이 남은 그 날짜까지 연장된 것만 같았다. 나는 현재의 온갖 위험에도 불구하고, 살인 면허를 받은 007 요원과는 반대로 생존 면허를 막 부여받았다는 순진한 생각에 사로잡혀 안도하며 시청을 나섰다.

마침 피렌체 중앙시장도, 감정을 눈으로밖에 표현할 수 없게 만든 이 마스크들만 빼면, 이전의 생기를 되찾았다. 우리는 흰색 종이 식탁보가 덮인 간이 테이블에 아무렇게나 앉았다. 트러플 파스타와 태양처럼 황금빛으로 빛나는 프로

세코 와인의 조합이 일으킨 기적이었을까, 우리는 각자 할 말을 하는 동시에 서로의 이야기를 듣고 있었다. 나는 더 이상 균형 장애를 겪지 않았다. 손도 떨리지 않았다. 모든 방향으로 고개를 돌릴 수도 있었고, 그 덕에 리사와 모드의 얼굴을 오랫동안 관찰할 수 있었다. 한눈에는 아니었지만, 마리나의 흔적이 모두 사라진 것도 확인했다. 아무리 이리저리 고개를 꺾어도, 더 클리너 포스터도, 그녀의 얼굴이 그려진 토트백도 남아 있지 않았다. 이후 스트로치 궁전 앞을 지나갔지만, 마리나에 관한 전단지나 포스터는 그 어디에도 보이지 않았다. 그 대신 많은 사람들을 자신의 거대한 거미집 앞으로 불러모으기 위한 아르헨티나 작가*의 전시 소식으로 도배되어 있었다. 나는 '예술가는 여기 없다'고 생각했다. 물론 내 착각이었지만.

두오모 성당으로 걸어가던 길, 내 머릿속은 세르비아인 스타의 가장 인상적인 퍼포먼스들이 한낮의 빛 속에서 펼쳐지는 카메라오브스쿠라**로 변했다. 분명 정신은 멀쩡했다. 붐비는 구시가지 거리 한가운데서, 아주 사소한 것에도 민

---

* 아르헨티나 출신 현대 설치미술가 토마스 사라세노.

첩하게 반응하던 내 정신은 「광명」 속, 강렬한 스포트라이트를 받아 눈부시게 하얀 벽 위에 나체로 매달려 있던 마리나의 광렬한 섬광으로 가득 찼다. 그녀는 스스로의 나약함을 관객들에게 온전히 드러내며 질문을 던졌다. 여기 당신들 앞에 있는 나는 누구인가? 내 앞에 선 당신은 누구인가? 나의 나약함을 바라보는 당신, 그리고 그 나약함을 드러내는 나, 우리는 결국 같은 나약함을, 같은 기다림을 공유하는 것 아닐까?

"이거 보세요." 리사가 내 소매를 잡아당기며 말했다.

"뭐를?"

우리는 상점들이 모인 쇼핑 거리로 들어섰고, 눈앞에는 패션 용품이 전시된 진열창들이 프랄린*** 과 커피 향 속에서 끝없이 펼쳐져 빛났다. 리사는 오래전 오드리 헵번과 에바 가드너의 맞춤 신발을 제작하는 데 사용되던 밝은 나무 소재의 구두골 두 켤레를 가리켰다.

"이 동네에서는 지갑을 함부로 열면 안 돼, 탕진할 수도

** 카메라오브스쿠라 camera obscura는 '어두운 방'을 뜻하는 라틴어. 작은 구멍을 뚫은 암실暗室에 빛이 들어오면, 구멍 반대편 벽에 바깥 풍경이 상하좌우가 뒤집힌 채 투사되는 원리를 이용한 장치.

*** 견과류와 크림, 술, 버터, 초콜릿 등으로 속을 채우고 플레인 초콜릿을 얇게 씌운 한 입 크기 초콜릿.

있어!" 나는 깔깔대며 말했다.

별 소용이 없었다. 모드와 리사는 이미 드레스 가게에 들어가 있었다. 나는 아주 오래된 작동장치로 움직이는 시계를 구경하기 시작했다. 시간은 원을 그리며 흘러갔다. 마리나는 타인들의 시간에서 빠져나왔다. 그녀는 스스로를 자신만의 시계추와 시계 장치로, 작품의 육체적 모태로 삼았다. 아직도 내 눈에는 울라이에게 세게 부딪혀 그 충격에 뒤로 넘어지는, 「리듬 0」에서의 무한한 공격에 응하는 마리나가, 경직된 마리나를 담은 사진이, 가혹 행위에도 불구하고 꼿꼿한 자세를 유지하던 그녀의 이마에 마커로 새겨진 END라는 단어가 보였다. 만리장성 위에서의, 마오쩌둥도 상상하지 못했을 긴 행진 끝에 그녀는 사랑이 붕괴되는 것을 보았다. 두 연인(똑같이 11월 30일에 태어난 그 둘은 거울 양면 같았다)이 하나 되어 서로 머리카락을 엮고, 입술을 꼭 붙이고, 독화살과 테이블을 사이에 두고 서로의 심장을 겨누고, 서로의 눈을 바라보던 오랜 시간, 여러 해 동안의 수많은 순간들이 지나간 후, 마리나는 자신이 죽으리라 믿었다. 그녀는 다시 혼자서 일어서야만 했고, 그녀의 퍼포먼스는 새로운 국면을 맞았다. 나는 베니치아에서 피투성이가 된 하얀 드레스를 입고 뼈 더미 위에 앉아 유고슬라비아의 학살에서는 찾아볼 수 없었던 부드러움으로 뼈를 다듬던 마리나를 회상했다. 그녀는 발가벗은 채 자신 위에 놓인 해골을 다독이며 크고 단단한 손으로 병든 손의 앙상한 뼈를 움켜쥐고 지금은 무너진 고국에서 동족상잔을 겪으면서도 환상을 품고 살아가던 자들을 위로했다. 모드와 리사와 함께 피렌체 구시가지로 향하던 길, 시계방에서 나를 유혹하던 시계의 움직임이 바닥에 누워 흉곽을 부풀리며 배 위의 말라비틀어진 죽은 자에게 숨결을 불어 넣던 마리나의 움직임과 닮아 있음을 깨달았다. 마리나는 죽은 자들이 하늘로 올라갈 수 있도록 생명의 에너지를 전달했다. 산 자는 이 땅에서, 죽은 자는 저 위에서, 각자가 제자리를 찾도록. 마치 세상의 유년기에 느꼈던 경쾌함 속에서 고통 없이, 조용히 사라지는 비눗방울처럼.

피렌체의 밤을 빛내는 조명 때문이었을까? 마리나 A의 첫 퍼포먼스가 머릿속을 맴돌았다. 모든 것이 시작되었고, 또 모든 것이 끝날 뻔했던 그 순간. 불길이 공산주의 오각별을 집어삼킬 듯 치솟았던 순간이었다. 독재에 맞선 그녀의 첫 자유의 행위는 젊은이들이 티토로부터 빼앗아 낸 문화회관의 안뜰에서 이루어졌다. 그녀는 그 맞은편 광장에서, 매일 오후 다섯 시가 되면 비밀경찰의 아내들이 차를 마시며 앉아, 마치 수놓듯 은밀히 고자질을 일삼는 모습을 보지 못했다. 한편 마리나는 감시받는 자유는 자유가 아니고, 당국이 허가한 장소는 그녀를 통제하기 위한 공간이라는 사실을 알았다. 그렇게 불꽃은 하늘로 치솟았고, 근처 나무들에도 불이 붙었다. 그리고 그녀는 그녀가 간신히 빠져나온 그 불길을 영원히 마음속에 간직했다. 그렇게 마리나는 신체를 노출하는 행위, 그리고 스스로가 나약하지만 굴복하지 않는 존재라는 자각을 통해 모든 금기의 한계를 무너뜨릴 수 있으리라 확신했다. 나는 코르소 거리를 걸으며 마리나 배 위에 면도칼로 그어진, 그녀를 억압했던 그 뾰족하고도 퇴보적인 별의 핏빛 윤곽선을 떠올렸다. 그 복종과 구속, 처벌의 상징은 그녀의 유년기 내내 학교 공책, 공공기관 건물의 현판, 공문서 상단을 비롯해 그녀가 가는 곳 어디든 따라다녔다. 그 상징을 자신의 살에 새겨 넣으며, 그녀는 육체를 무기이자 깃발로 삼았다.

이렇듯 수많은 이미지들이 내 안에 살고 있었다. 이들은 지워지지 않는 장면으로 이루어진 한 편의 무성영화가 되어 내 영혼을 계속해서 각성시켰다. 가장 강하게 남아 있던 장면은 「예술가는 여기 있다」의 마리나였다. 크리스토의 두 번째 피부와 같은 긴 드레스를 걸친. 그 드레스는 타인의 시선을 맞기 위한 마리나만의 눈에 띄지 않는 갑옷이자 방패였다. 의문을 품은 듯한, 탐색하는 듯한, 불쾌한 시선. 눈물을 머금은 시선. 호기심 어린, 시기하는, 차가운, 상처 입은, 견디기 힘든, 똑바로 쳐다볼 자신이 없어 땅에 떨군 시선. 마리나는 약속했던 것만큼 무표정하지 못한 채, 눈꺼풀이라는 얇은 장막 뒤에 몸을 숨기며, 두 시선 사이의 미세한 떨림을 방패 삼아 그 모든 것을 받아들였다. 미소와 눈물, 한숨, 비극적인 표정마저 수용했다. 내가 기억하기로는 퍼포먼스가 시작되고 몇 주 후, 마리나는 뉴욕 현대 미술관 큐레이터에게 관람객과 자신 사이에 놓인 테이블을 치워달라고 청했다. 관람객들은 그녀의 검은 눈빛에 관통되고 그녀의 인간성에 빠져들기 위해 몇 시간을, 하루 종일을 기다리거나 미술관 앞에서 밤을 새웠다. 테이블은 그녀의 보호 장비였다. 테이블이 치워진 뒤 남은 것은 관객과의 거리, 그리고 그 부재를 인식하기보다 존재를 기억해야 하는 테이블의 흔적이었다. 내가 무언가를 이해했던 것일까? 마리나 A가 말없이 비명을 지르고, 육체와 피와 침묵으로 글을 쓰는, 이 세상의 유일한 내부 고발자같이 느껴졌다.

나는 지금껏 내 지식에 따라 행동하며, 감정은 제쳐둔 채 살아왔다. 예술이 들어올 자리는 없었고, 예술은 내 이성이 닿을 수 없는, 접근 불가능한 낯선 세계였다. 규칙을 따른다는 것을 제외하고는 아무런 관련이 없는 직업들을 하나로 묶으며, 트럭 운전사나 건축가, 혹은 보험업자처럼 눈에 명확하게 보이는 일을 하는 것에 비해 예술은 무가치하고 근거도 개연성도 없는 영역이라고 믿었다. 나에게 예술이란 제약과 의무의 반의어였다. 그렇게 믿었다. 헛된 것은 나 자신이면서, 예술이 헛되다고. 나는 그저 가르쳐주는 동작을 받아들이며, 그 안에서 일말의 창의성도 찾아내지 않으며 외과학을 배웠다. 젊은 인턴 시절, 소문난 실력의 외과 선배가 악안면 수술을 하던 도중, 붓을 손에 들고 모델을 관찰하는 화가처럼 수술 도구를 손에 들고 가만 서 있던 모습에 분개했던 기억이 있다. 나는 용기 내어 마스크 너머로 뭘 기다리냐고 물었다. "즉흥으로 하려고." 그는 이렇게 대답하더니 환자의 개복된 살에 수술을 시작했고, 그야말로 얼굴부터 비강, 위턱까지, 의사의 실수로 외모가 영원히 망가질 위험을 안고, 숨을 곳 하나 없이 남의 시선에 노골적으로 내맡겨진 환자의 모든 부위를 디자인했다. 내 직업은 주저나 의심, 감정을 허락하지 않았다. "당신의 예술에 삶을 집어넣고, 당신의 삶에 예술을 집어넣어라." 나는 거꾸로 읽어도 똑같은 이 문장을 싫어했다. 내 삶에는 예술이 들어올 자리가 없었고, 수술실에는 말할 것도 없었으며, 다른 곳도 마찬가지였다. 그렇다면 예술이 나에게 무슨 소용이겠는가? 예술, 그것은 아무런 쓸모가 없었다. 나의 선의에 내맡겨진 잠든 얼굴을 가지고 정육점 수습생 놀이를 하는 게 아니라면 말이다. 나는 그보다는 메스 날을 갖다 대기 적합한 위치를 찾는 일을 선호했다. 신경을 건드리지 않아야만 했기에. 그런데 마리나 A는 자신도 모르게 내 신경을 건드렸다. 그리고 내 안의, 깊이 파묻혀 수면 위로 끄집어내는 데 평생이 요구되는 감각을 파헤쳐 냈다. 그리고 그 덕에 나는 의심하는 것이 스스로를 마주하는 유일한 방법이라는 것, 스스로의 나약함을 인정해야만 한다는 것, 그리고 나를 필요로 하는 무방비 상태의 영혼과 육체를 마주한 나의 깊은 감정에 귀 기울일 줄 알아야 한다는 것을 받아들였다. 빈손이든 치료 . 도구를 들고 있든, 혹은 한 조각의 케이크를 들고 있든 상관없이, 타인의 나약함에 손을 내밀기 위해서라면.

나는 과거 인턴 시절 삶의 원리를 찾을 수 있지 않을까 기대하며 시체 해부 연습을 할 때마다 수없이 들었던「골트베르크 변주곡」처럼, 비슷하면서도 다른 마리나를 찾아 헤매며 여유롭게 걸었다. 마리나의 퍼포먼스는 오랫동안 잊고 지내던 사실을 되살려 주었다. 진실에 도달하는 길은 하나가 아니라는 것. 위험과 시행착오, 실패는 우리 존재의 본질이니 우리 앞에 고통스러운 시련이 기다리더라도 포기하거나 낙담하지 말고, 대담함과 호기심으로 꿋꿋이 걸어나가야 한다는 것. 피렌체의 반짝이는 길거리를 걷는 동안, 마리나는 나에게 이 모든 것을 말해주었다. 타성과 편안, 확신이 흔들리는 것을 두려워하지 않을 것. 삶을 살아가고 느끼는 데에는 바로크식* 방법도 존재한다는 것. 마치 마리나 A와, 더 거슬러 올라가 '음악적 에베레스트'라 불리는, 내가 내일, 아니면 조만간 다시 들어보기로 다짐한「골트베르크 변주곡」을 정복한 글렌 굴드처럼. 리사의 헤드폰을 빌려 듣는 것도 나쁘지 않겠다. 지나친 신중함과 직업적 의무 때문에 전염병 사태 이전에도 자주 착용하던 마스크처럼 푸르스름한 수술실에서 단 한 번이라도 벗어나 살아가는 것이 두려웠던 나는 본질을 놓치고 있었다. 자신을 외면하고, 회피하고, 얼

---

* '일그러진 진주'를 의미하는 포르투갈어 pérola barroca에 어원을 두며, '기괴하다', '별나다'라는 의미로도 쓰인다.

굴의 반을 가리면서(가끔 내가 어떻게 생겼는지도 잊곤 했다) 스스로를 숨긴 나머지, 나는 나로부터 도망치고 말았다. 존재에 대한 불확신으로, 삶의 본질은 모험이라는 사실을 잊었다. 인식하지도 못한 채, 그저 죽지 않기 위해 살았다. 특히 팬데믹이라는 전 지구적 위기로 미래가 백지화된 시기엔 더욱 심했다.

우리는 북적거리는 피렌체 거리를 사이에 두고 흩어졌다. 모드는 나한테 "차오"라며 짧은 몸짓을 보내고 리사와 함께 기념품점으로 사라졌다. 그 어디에서도 살 수 없는 가장 소중한 기억을 간직하는 것으로 충분한데 왜 기념품을 사려는지 의아했다. 우리는 한 시간 후에 로자 델 페셰*에서 만나기로 약속했다. 주위를 둘러보았다. 삶은 저마다의 할 일을 하고 있었다. 삶에 균열이 일어나고 있었다. 나는 깊게 숨을 들이마셨다. 주변은 빙빙 돌지 않았다. 그 어떤 것도 나를 짓누르지 않았다. 흉부에 부딪히는 심장 소리도 들리지 않았다. 조만간 다시 수술을 시작할 수 있을 것 같았다. 내 앞에 시내버스 한 대가 멈춰 섰다. 마리나의 얼굴은 거기 없었다. 마치

* 피렌체에 있는 넓은 아케이드 구조의 오래된 건축물.

존재한 적 없던 것처럼. 중요하지 않았다. 마리나가 거기 나
타날 이유는 이제 없었으니.

Marina A

Éric Fottorino

2018년, 아내와 열네 살 딸과 함께 떠난 피렌체 여행에서 우리는 놀라운 포스터를 마주했다. 타오르는 촛불을 앞에 둔 새까만 머리카락의 신비로운 여인이 우리를 똑바로 응시하고 있었다. 버스 정류장에서부터 시장 골목까지 도시 곳곳에 붙어 있던 그 포스터를 보며 도대체 이 여자는 누구일까 궁금해했다. 마침내 이름을 알게 되었다. 마리나 아브라모비치, 퍼포먼스 예술가. 마침 피렌체의 한 고궁에서 그녀의 회고전이 열리고 있었고, 우리는 잠시 보티첼리와 라파엘로의 걸작들을 뒤로한 채 곧장 그곳으로 발걸음을 옮겼다.

예술가는 그 자리에 없었다. 대신 그녀의 작업 속 강렬했던 순간들을 담은 영상이 상영되고 있었다. 그녀는 자신의 몸을 관객의 손에 내맡기며 하나의 오브제로 변했다. 관객들은 가위와 면도날, 심지어 장전된 권총까지 쥔 채 그녀에게 손을 뻗을 수 있었다. 벌거벗은 몸으로 동반자 울라이와 전속력으로 마주 달려와 부딪치고, 그 충격으로 매번 거칠게 바닥에 나동그라지던 장면도 있었다. 어떤 퍼포먼스는 인종 청소를 환기시켰다(마리나는 세르비아 출신이다). 그녀는 불과 얼음 속에 몸을 던졌고, 손가락 사이사이에 칼을 내리찍다 끝내 피를 흘리기도 했다. 하지만 최근 퍼포먼스들에서는 마리나가 한층 더 평온에 이르는 길을 걸은듯했다. 최소한 내게는 그렇게 보였다. 울라이와 긴 테이블 양 끝에 앉아, 몇 미터의 거리를 둔 채 서로의 눈빛에 빠져들던 퍼포먼스. 물리적 접촉 없이, 시선으로만 서로에게 닿았다. 뉴욕 현대 미술관에서 몇 주 동안 이어진 이 작품은 세계적인 반향을 불러일으켰다. 미국 전역은 물론 유럽과 아시아에서 몰려온 100만 명이 넘는 사람들이 그녀의 응시를 마주하기 위해 줄을 섰다. 몇 초일 수도, 몇 시간일 수도 있는 그 순간 동안, 마리나는 손끝 하나 대지 않고도 사람들의 마음 깊은 곳을 건드렸다.

마리나가 피와 살을 지닌 한 인간이라는 사실을 깨달은 순간, 나는 깊이 흔들렸다. 파리로 돌아오자마자 이 경험을 쏟아내듯 수십 쪽의 글을 썼다. 목적은 없었다. 다만 이제는 미국에서 활동하는 세르비아 출신 예술가의 퍼포먼스가 내 안에 남긴 감정을 잊지 않고 싶었을 뿐이다. 그렇게 쓴 원고는 서랍 속에 넣어두었다. 존재를 잊은 것은 아니었지만, 특별한 문학적 목적을 부여하지도 않았다. 글로 남겨두었다는 사실만으로 충분했다.

2년 뒤, 코로나19 팬데믹이 인류의 삶을 멈춰 세웠다. 우리를 지켜줄 유일한 지침은 서로 거리를 두라는 것, 이른바 '사회적 거리 두기'였다. 그 시기에 나는 이처럼 전례 없고 예기치 못한 시련 속에서 어떤 소설이 태어날 수 있을지 스스로에게 물었다. 지금까지와는 다른, 이 중대한 사건을 담아낼 새로운 세계를 탐구해야 한다는 확신이 있었다. 갈피를 잡지 못한 채 새로운 길을 찾던 나는 밀란 쿤데라의 『소설의 기술』 몇 페이지를 다시 읽었다. 쿤데라는 소설사를 세 시기로 구분했다. 호메로스에서 돈키호테까지, 주인공이 '무엇을 하는가'에 따라 이야기가 전개되던 시대. 조이스에서 버지니아 울프까지, 행동이 아니라 '무엇을 생각하는가'

에 초점을 맞추던 시대. 그리고 카프카의 시대, 즉 인물이 무엇을 하거나 무엇을 생각하든 더 이상 중요하지 않고, 압도적인 위협 앞에서 그는 얼마만큼의 자유를 지니는지가 유일한 물음이 되는 시대. 나는 책을 덮으며 아르키메데스가 "유레카!"를 외쳤을 때처럼 기쁨과 안도감을 느꼈다. 급박한 심정에 사로잡혀 서둘러 서재로 들어섰다. 무엇이 나를 움직이는지 알았다. 피렌체에서 돌아온 뒤 흥분 속에 써 내려간 원고를 찾기 위해 서랍을 뒤적이며, 나는 이제 '마리나 A'라 부르는 그녀를 처음 발견했을 때의 감정을 떠올렸다.

그 당시 나는 그녀가 그렇게까지 자신의 몸을 극한 상황에 내던지는 이유도, 그 어떤 것과도 비교할 수 없는 그녀의 작품이 지닌 도덕적 토대를 이해하지 못했다. 그녀는 자신의 예술 속에서 곧 자기 자신이었고, 무엇보다도 자신의 몸을 가장 연약하면서도 유일한 창작의 매개로 삼았다. 모든 위험과 책임을 홀로 감수하면서.

그러나 바이러스가 우리를 서로 멀어지게 하고, 가장 가까운 이들과도 거리를 두게 만들던 어느 날, 나는 문득 깨달았다. 마리나 A는 이미 자신만의 방식으로 우리에게 경고를 보내고 있었음을. 우리를 지키고 보호하기 위한 유일한 양식처럼, 거리를 두면서도 관계를 이어가는 방식을 보여주고 있었음을.

나는 2년 전 써둔 그 글을 다시 읽으며, 그 예술가 앞에서 나를 그렇게도 뒤흔들고 열광하게 만들었던 것이 무엇인지 이해하려 애썼다. 그러다 문득, 마리나가 나에게 말을 걸어 왔다. 그리고 길을 안내했다. 그녀의 행위, 그녀의 극단적인 몸짓의 의미가 눈앞에 드러났다. 처음엔 믿기 어려웠지만, 점점 더 선명해졌다. 팬데믹이라는 불안의 어둠 속 한 줄기 광명처럼.

그렇게 이 소설이 태어났다.

옮긴이 하진화

이화여자대학교에서 경제학과 통합적 문화 연구를 전공하고, 동 대학 통역번역대학원에서 한불번역 석사학위를 받았다. 문화예술과 미디어, 국제협력 등 다양한 분야에서 통번역 활동을 이어가고 있으며, KBS WORLD RADIO 프랑스어 방송의 작가로도 일하고 있다.

나를 지켜줘 아니면 나를 죽여줘

초판 1쇄 발행 2025년 10월 27일

지은이   에릭 포토리노
옮긴이   하진화

펴낸이   윤석헌
편집   김미래 오경철
디자인   강혜림
제작처   357 제작소

펴낸곳   레모
출판등록   2017년 7월 19일 제 2017-000151 호
주소   서울시 서초구 서초대로 33길 99, 201호
전자우편   editions.lesmots@gmail.com
인스타그램   @ed_lesmots

ISBN   979-11-91861-35-8 03860